KB236500

_______________ 님께
선물합니다.

현진건을 쓰다

현진건을 쓰다

현진건을 쓰다

「운수 좋은 날」

「빈처」

「술 권하는 사회」

「할머니의 죽음」

「B사감과 러브레터」

현진건 단편선

블랙에디션

일러두기

1. 이 책은 한국 근대 문학 작품을 필사할 수 있도록 구성한 '한국 문학 필사' 시리즈의 한 권입니다.
2. 수록된 글은 원문을 최대한 존중하되 일부 현대 문법과 일치하지 않는 표기 방식과 어휘는 현행 표준에 맞게 조정했습니다. 작품의 의미와 문체적 특징이 훼손되지 않도록 수정은 최소한의 범위에서 이루어졌습니다.
3. 본 시리즈는 독자가 문장을 직접 따라 쓰는 과정을 통해 한국 문학을 보다 넓고 깊게 만날 수 있도록 돕는 것을 목적으로 합니다.

목차

운수 좋은 날

새침하게 흐린 품이 눈이 올 듯하더니 눈은 아니 오고 얼다가 만 비가 추적추적 내리는 날이었다.

이날이야말로 동소문 안에서 인력거꾼 노릇을 하는 김첨지에게는 오래간만에도 닥친 운수 좋은 날이었다. 문안에(거기도 문밖은 아니지만) 들어간답시는 앞집 마마님을 전찻길까지 모서다 드린 것을 비롯으로 행여나 손님이 있을까 하고 정류장에서 어정어정하며 내리는 사람 하나하나에게 거의 비는듯한 눈결을 보내고 있다가 마침내 교원인 듯한 양복쟁이를 동광학교(東光學校)까지 태워다 주기로 되었다.

첫 번에 삼십 전, 둘째 번에 오십 전 ― 아침 댓바람에 그리 흉치 않은 일이었다. 그야말로 재수가 옴붙어서 근 열흘 동안 돈 구경도 못한 김첨지는 십 진짜리 백동화 서 푼, 또는 다섯 푼이 찰깍 하고 손바닥에 떨어질 제 거의 눈물을 흘릴 만큼 기뻤었다. 더구나 이날 이때에 이 팔십 전이라는 돈이 그에게 얼마나 유용한지 몰랐다. 컬컬한 목에 모주 한 잔도 적실 수 있거니와 그보다도 앓는 아내에게 설렁탕 한 그릇도 사다 줄 수 있음이다.

그의 아내가 기침으로 쿨룩거리기는 벌써 달포가 넘었다.

조밥도 굶기를 먹다시피 하는 형편이니 물론 약 한 첩 써본 일이 없다. 구태여 쓰려면 못 쓸 바도 아니로되 그는 병이란 놈에게 약을 주어 보내면 재미를 붙여서 자꾸 온다는 자기의 신조(信條)에 어디까지 충실하였다. 따라서 의사에게 보인 적이 없으니 무슨 병인지는 알 수 없으되 반듯이 누워가지고 일어나기는 새로 모로도 못 눕는 걸 보면 중증은 중증인 듯. 병이 이대도록 심해지기는 열흘 전에 조밥을 먹고 체한 때문이다. 그때도 김첨지가 오래간만에 돈을 얻어서 좁쌀 한 되와 십 전짜리 나무 한 단을 사다 주었더니 김첨지의 말에 의지하면 그 오라질 년이 천방지축으로 냄비에 대고 끓였다. 마음은 급하고 불길은 닿지 않아 채 익지도 않은 것을 그 오라질년이 숟가락은 고만두고 손으로 움켜서 두 뺨에 주먹덩이 같은 혹이 불거지도록 누가 빼앗을 듯이 처박질하더니만 그날 저녁부터 가슴이 땡긴다, 배가 켕긴다고 눈을 흡뜨고 지랄병을 하였다. 그때 김첨지는 열화와 같이 성을 내며,

"에이, 오라질년, 조랑복은 할 수가 없어, 못 먹어 병, 먹어서 병! 어쩌란 말이야! 왜 눈을 바루 뜨지 못해!"

하고 앓는 이의 뺨을 한 번 후려갈겼다. 흡뜬 눈은 조금 바

루어졌건만 이슬이 맺히었다. 김첨지의 눈시울도 뜨끈뜨끈하였다.

이 환자가 그러고도 먹는 데는 물리지 않았다. 사흘 전부터 설렁탕 국물이 마시고 싶다고 남편을 졸랐다.

"이런 오라질 년! 조밥도 못 먹는 년이 설렁탕은. 또 처먹고 지랄병을 하게."

라고 야단을 쳐보았건만, 못 사주는 마음이 시원치는 않았다.

인제 설렁탕을 사줄 수도 있다. 앓는 어미 곁에서 배고파 보채는 개똥이(세살먹이)에게 죽을 사줄 수도 있다 ― 팔십 전을 손에 쥔 김 첨지의 마음은 푼푼하였다.

그러나 그의 행운은 그걸로 그치지 않았다. 땀과 빗물이 섞여 흐르는 목덜미를 기름주머니가 다 된 왜목 수건으로 닦으며, 그 학교 문을 돌아 나올 때였다. 뒤에서 "인력거!" 하고 부르는 소리가 난다. 자기를 불러 멈춘 사람이 그 학교 학생인 줄 김첨지는 한 번 보고 짐작할 수 있었다. 그 학생은 다짜고짜로,

"남대문 정거장까지 얼마요."

라고 물었다. 아마도 그 학교 기숙사에 있는 이로 동기방학을 이용하여 귀향하려 함이리라. 오늘 가기로 작정은 하였건만 비는 오고, 짐은 있고 해서 어찌할 줄 모르다가 마침 김첨지를 보고 뛰어나왔음이리라. 그렇지 않으면 왜 구두를 채 신지 못해서 질질 끌고, 비록 고구라 양복일망정 노박이로 비를 맞으며 김첨지를 뒤쫓아 나왔으랴.

"남대문 정거장까지 말씀입니까."

하고 김첨지는 잠깐 주저하였다. 그는 이 우중에 우장도 없이 그 먼 곳을 철벅거리고 가기가 싫었음일까? 처음 것 둘째 것으로 고만 만족하였음일까? 아니다, 결코 아니다. 이상하게도 꼬리를 맞물고 덤비는 이 행운 앞에 조금 겁이 났음이다. 그리고 집을 나올 제 아내의 부탁이 마음이 켕기었다 — 앞집 마마님한테서 부르러 왔을 제 병인은 뼈만 남은 얼굴에 유일의 샘물 같은 유달리 크고 움푹한 눈에 애걸하는 빛을 띄우며,

"오늘은 나가지 말아요. 제발 덕분에 집에 붙어 있어요. 내가 이렇게 아픈데……."

라고, 모기 소리같이 중얼거리고 숨을 걸그렁걸그렁하였다. 그때에 김첨지는 대수롭지 않은 듯이,

"아따, 젠장맞을 년, 별 빌어먹을 소리를 다 하네. 맞붙들고 앉았으면 누가 먹여 살릴 줄 알아."

하고 훌쩍 뛰어나오려니까 환자는 붙잡을 듯이 팔을 내저으며,

"나가지 말라도 그래, 그러면 일찍이 들어와요."

하고, 목메인 소리가 뒤를 따랐다. 정거장까지 가잔 말을 들은 순간에 경련적으로 떠는 손, 유달리 큼직한 눈. 울 듯한 아내의 얼굴이 김첨지의 눈앞에 어른어른하였다.

"그래 남대문 정거장까지 얼마란 말이요?"

하고 학생은 초조한 듯이 인력거꾼의 얼굴을 바라보며 혼자말같이,

"인천 차가 열한 점에 있고 그다음에는 새로 두 점이든가."

라고 중얼거린다.

"일 원 오십 전만 줍시요."

이 말이 저도 모를 사이에 불쑥 김첨지의 입에서 떨어졌다. 제 입으로 부르고도 스스로 그 엄청난 돈 액수에 놀랐다. 한꺼번에 이런 금액을 불러라도 본 지가 그 얼마 만인가! 그러자 그 돈벌 용기가 병자에 대한 염려를 사르고 말았다. 설마 오늘 내

로 어쩌랴 싶었다. 무슨 일이 있더라도 제일 제이의 행운을 곱친 것보다고 오히려 갑절이 많은 이 행운을 놓칠 수 없다 하였다.

"일 원 오십 전은 너무 과한데."

이런 말을 하며 학생은 고개를 기웃하였다.

"아니올시다. 잇수로 치면 여기서 거기가 시오 리가 넘는답니다. 또 이런 진날은 좀 더 주서야지요."

하고 빙글빙글 웃는 차부의 얼굴에는 숨길 수 없는 기쁨이 넘쳐흘렀다.

"그러면 달라는 대로 줄 터이니 빨리 가요."

관대한 어린 손님은 이런 말을 남기고 총총히 옷도 입고 짐도 챙기러 갈 데로 갔다.

그 학생을 태우고 나선 김첨지의 다리는 이상하게 거뿐하였다. 달음질을 한다느니보다 거의 나는 듯하였다. 바퀴도 어떻게 속히 도는지 구른다느니보다 마치 얼음을 지쳐 나가는 스케이트 모양으로 미끄러져 가는 듯하였다. 언 땅에 비가 내려 미끄럽기도 하였지만.

이윽고 끄는 이의 다리는 무거워졌다. 자기 집 가까이 다다

른 까닭이다. 새삼스러운 염려가 그의 가슴을 눌렀다.

"오늘은 나가지 말아요, 내가 이렇게 아픈데!"

이런 말이 잉잉 그의 귀에 울렸다. 그리고 병자의 움쑥 들어간 눈이 원망하는 듯이 자기를 노리는 듯하였다. 그러자 엉엉 하고 우는 개똥이의 곡성을 들은 듯싶다. 딸국딸국 하고 숨 모으는 소리도 나는 듯싶다.

"왜 이리우, 기차 놓치겠구먼."

하고 탄 이의 초조한 부르짖음이 간신히 그의 귀에 들어왔다. 언뜻 깨달으니 김첨지는 인력거를 쥔 채 길 한복판에 엉거주춤 멈춰 있지 않은가.

"예, 예."

하고, 김첨지는 또다시 달음질하였다. 집이 차차 멀어갈수록 김첨지의 걸음에는 다시금 신이 나기 시작하였다. 다리를 재게 놀려야만 쉴새없이 자기의 머리에 떠오르는 모든 근심과 걱정을 잊을 듯이.

정거장까지 끌어다 주고 그 깜짝 놀란 일 원 오십 전을 정말 제 손에 쥠에 제 말마따나 십 리나 되는 길을 비를 맞아가며 질퍽거리고 온 생각은 아니하고 거저나 얻은 듯이 고마웠다.

졸부나 된 듯이 기뻤다. 제 자식뻘밖에 안 되는 어린 손님에게 몇 번 허리를 굽히며,

"안녕히 다녀옵시요."

라고 깍듯이 재우쳤다.

그러나 빈 인력거를 털털거리며 이 우중에 돌아갈 일이 꿈밖이었다. 노동으로 하여 흐른 땀이 식어지자 굶주린 창자에서, 물 흐르는 옷에서 어슬어슬 한기가 솟아나기 비롯하매 일 원 오십 전이란 돈이 얼마나 괜찮고 괴로운 것인 줄 절절히 느끼었다. 정거장을 떠나는 그의 발길은 힘 하나 없었다. 온몸이 웅송그려지며 당장 그 자리에 엎어져 못 일어날 것 같았다.

"젠장맞을 것, 이 비를 맞으며 빈 인력거를 털털거리고 돌아를 간담. 이런 빌어먹을 제 할미를 붙을 비가 왜 남의 상판을 딱딱 때려!"

그는 몹시 화증을 내며 누구에게 반항이나 하는 듯이 게걸거렸다. 그럴 즈음에 그의 머리엔 또 새로운 광명이 비쳤나니 그것은 '이러구 갈 게 아니라 이 근처를 빙빙 돌며 차 오기를 기다리면 또 손님을 태우게 될는지도 몰라'란 생각이었다. 오늘 운수가 괴상하게도 좋으니까 그런 요행이 또 한 번 없으리

라고 누가 보증하랴. 꼬리를 굴리는 행운이 꼭 자기를 기다리고 있다고 내기를 해도 좋을 만한 믿음을 얻게 되었다. 그렇다고 정거장 인력거꾼의 등쌀이 무서우니 정거장 앞에 섰을 수는 없었다. 그래 그는 이전에도 여러 번 해본 일이라 바로 정거장 앞 전차 정류장에서 조금 떨어지게 사람 다니는 길과 전찻길 틈에 인력거를 세워놓고 자기는 그 근처를 빙빙 돌며 형세를 관망하기로 하였다.

얼마 만에 기차는 왔고 수십 명이나 되는 손이 정류장으로 쏟아져 나왔다. 그 중에서 손님을 물색하는 김첨지의 눈엔 양머리에 뒤축 높은 구두를 신고 망토까지 두른 기생 퇴물인 듯 난봉 여학생인 듯한 여편네의 모양이 띄었다. 그는 슬근슬근 그 여자의 곁으로 다가들었다.

"아씨, 인력거 아니 타시랍시요."

그 여학생인지 만지가 한참은 매우 때깔을 빼며 입술을 꼭 다문 채 김첨지를 거들떠보지도 않았다. 김첨지는 구걸하는 거지나 무엇같이 연해연방 그의 기색을 살피며,

"아씨, 정거장 애들보담 아주 싸게 모셔다 드리겠습니다. 댁이 어디신가요."

하고 추근추근하게도 그 여자의 들고 있는 일본식 버들고리 짝에 제 손을 대었다.

"왜 이래, 남 귀치않게."

소리를 벽력같이 지르고는 돌아선다. 김첨지는 어랍시요 하고 물러섰다.

전차는 왔다. 김첨지는 원망스럽게 전차 타는 이를 노리고 있었다. 그러나 그의 예감(豫感)은 틀리지 않았다. 전차가 빡빡하게 사람을 싣고 움직이기 시작하였을 제 타고 남은 손 하나가 있었다. 굉장하게 큰 가방을 들고 있는 걸 보면 아마 붐비는 차 안에 짐이 크다 하여 차장에게 밀려 내려온 눈치였다. 김첨지는 대어섰다.

"인력거를 타시랍시요."

한동안 값으로 승강이를 하다가 육십 전에 인사동까지 태워다 주기로 하였다. 인력거가 무거워지매 그의 몸은 이상하게도 가벼워졌고 그리고 또 인력거가 가벼워지니 몸은 다시금 무거워졌건만 이번에는 마음조차 초조해온다. 집의 광경이 자꾸 눈앞에 어른거리어 인제 요행을 바랄 여유도 없었다. 나무 등걸이나 무엇 같고 제 것 같지도 않은 다리를 연해 꾸짖으며

질팡갈팡 뛰는 수밖에 없었다. 저놈의 인력거꾼이 저렇게 술이 취해가지고 이 진땅에 어찌 가노, 라고 길 가는 사람이 걱정을 하리만큼 그의 걸음은 황급하였다. 흐리고 비 오는 하늘은 어둠침침하게 벌써 황혼에 가까운 듯하다. 창경원 앞까지 다다라서야 그는 턱에 닿은 숨을 돌리고 걸음도 늦추잡았다. 한 걸음 두 걸음 집이 가까워 갈수록 그의 마음조차 괴상하게 누그러웠다. 그런데 이 누그러움은 안심에서 오는 게 아니요 자기를 덮친 무서운 불행을 빈틈없이 알게 될 때가 박두한 것을 두리는 마음에서 오는 것이다. 그는 불행에 다닥치기 전 시간을 얼마쯤이라도 늘이려고 버르적거렸다. 기적(奇蹟)에 가까운 벌이를 하였다는 기쁨을 할 수 있으면 오래 지니고 싶었다. 그는 두리번두리번 사면을 살피었다. 그 모양은 마치 자기 집 — 곧 불행을 향하고 달아가는 제 다리를 제 힘으로는 도저히 어찌할 수 없으니 누구든지 나를 좀 잡아다고, 구해다고 하는 듯하였다.

그럴 즈음에 마침 길가 선술집에서 그의 친구 치삼이가 나온다. 그의 우글우글 살찐 얼굴에 주홍이 덧는 듯, 온 턱과 뺨을 시커멓게 구레나룻이 덮였거늘 노르탱탱한 얼굴이 바짝 말

라서 여기저기 고랑이 패고 수염도 있대야 턱밑에만 마치 솔
잎 송이를 거꾸로 붙여놓은 듯한 김첨지의 풍채하고는 기이한
대상을 짓고 있었다.

"여보게 김첨지, 자네 문안 들어갔다 오는 모양일세그려.
돈 많이 벌었을 테니 한잔 빨리게."

뚱뚱보는 말라깽이를 보던 맡에 부르짖었다. 그 목소리는
몸집과 딴판으로 연하고 싹싹하였다. 김첨지는 이 친구를 만
난 게 어떻게 반가운지 몰랐다. 자기를 살려준 은인이나 무엇
같이 고맙기도 하였다.

"자네는 벌써 한잔한 모양일세그려. 자네도 오늘 재미가 좋
아 보이."

하고 김첨지는 얼굴을 펴서 웃었다.

"아따, 재미 안 좋다고 술 못 먹을 낸가. 그런데 여보게, 자
네 왼몸이 어째 물독에 빠진 새앙쥐 같은가. 어서 이리 들어와
말리게."

선술집은 훈훈하고 뜨뜻하였다. 추어탕을 끓이는 솥뚜껑
을 열 적마다 뭉게뭉게 떠오르는 흰 김, 석쇠에서 뻐지짓뻐지
짓 구워지는 너비아니 구이며 제육이며 간이며 콩팥이며 북어

며 빈대떡……이 너저분하게 늘어놓인 안주 탁자에 김첨지는 갑자기 속이 쓰려서 견딜 수 없었다. 마음대로 할 양이면 거기 있는 모든 먹음먹이를 모조리 깡그리 집어삼켜도 시원치 않았다 하되 배고픈 이는 위선 분량 많은 빈대떡 두 개를 쪼이기도 하고 추어탕을 한 그릇 청하였다. 주린 창자는 음식 맛을 보더니 더욱더욱 비어지며 자꾸자꾸 들이라 들이라 하였다. 순식간에 두부와 미꾸리 든 국 한 그릇을 그냥 물같이 들이켜고 말았다. 셋째 그릇을 받아 들었을 제 데우던 막걸리 곱배기 두 잔이 더웠다. 치삼이와 같이 마시자 원원이 비었던 속이라 찌르를 하고 창자에 퍼지며 얼굴이 화끈하였다. 눌러 곱배기 한 잔을 또 마셨다.

김첨지의 눈은 벌써 개개 풀리기 시작하였다. 석쇠에 얹힌 떡 두 개를 숭덩숭덩 썰어서 볼을 불룩거리며 또 곱배기 두 잔을 부어라 하였다.

치삼은 의아한 듯이 김첨지를 보며,

"여보게 또 붓다니, 벌써 우리가 넉 잔씩 먹었네, 돈이 사십 전일세."

라고 주의시켰다.

"아따 이놈아, 사십 전이 그리 끔찍하냐. 오늘 내가 돈을 막 벌었어. 참 오늘 운수가 좋았느니."

"그래 얼마를 벌었단 말인가."

"삼십 원을 벌었어, 삼십 원을! 이런 젠장맞을 술을 왜 안 부어…… 괜찮다 괜찮다, 막 먹어도 상관이 없어. 오늘 돈 산더미같이 벌었는데."

"어, 이 사람 취했군, 그만두세."

"이놈아, 그걸 먹고 취할 내냐, 어서 더 먹어."

하고는 치삼의 귀를 잡아치며 취한 이는 부르짖었다. 그리고 술을 붓는 열다섯 살 됨직한 중대가리에게로 달려들며,

"이놈, 오라질 놈, 왜 술을 붓지 않어."

라고 야단을 쳤다. 중대가리는 희희 웃고 치삼을 보며 문의하는 듯이 눈짓을 하였다. 주정꾼이 이 눈치를 알아보고 화를 버럭 내며,

"에미를 붙을 이 오라질 놈들 같으니, 이놈 내가 돈이 없을 줄 알고."

하자마자 허리춤을 홈칫홈칫하더니 일 원짜리 한 장을 꺼내어 중대가리 앞에 펄쩍 집어던졌다. 그 사품에 몇 푼 은전이

잘그랑 하며 떨어진다.

"여보게 돈 떨어졌네, 왜 돈을 막 끼얹나."

이런 말을 하며 일변 돈을 줍는다. 김첨지는 취한 중에도 돈의 거처를 살피는 듯이 눈을 크게 떠서 땅을 내려다보다가 불시에 제 하는 짓이 너무 더럽다는 듯이 고개를 소스라치자 더욱 성을 내며,

"봐라 봐! 이 더러운 놈들아, 내가 돈이 없나, 다리뼉다구를 꺾어놓을 놈들 같으니."

하고 치삼의 주워주는 돈을 받아,

"이 원수엣돈! 이 육시를 할 돈!"

하면서 풀매질을 친다. 벽에 맞아 떨어진 돈은 다시 술 끓이는 양푼에 떨어지며 정당한 매를 맞는다는 듯이 쨍 하고 울었다.

곱배기 두 잔은 또 부어질 겨를도 없이 말려가고 말았다. 김첨지는 입술과 수염에 붙은 술을 빨아들이고 나서 매우 만족한 듯이 그 솔잎 송이 수염을 쓰다듬으며,

"또 부어, 또 부어."

라고 외쳤다.

또 한 잔 먹고 나서 김첨지는 치삼의 어깨를 치며 문득 껄껄 웃는다. 그 웃음소리가 어떻게 컸던지 술집에 있는 이의 눈은 모두 김첨지에게로 몰리었다. 웃는 이는 더욱 웃으며,

"여보게 치삼이, 내 우스운 이야기 하나 할까. 오늘 손을 태고 정거장에 가지 않았겠나."

"그래서."

"갔다가 그저 오기가 안됐데그려. 그래 전차 정류장에서 어름어름하며 손님 하나를 태울 궁리를 하지 않았나. 거기 마침 마마님이신지 여학생이신지(요새야 어디 논다니와 아가씨를 구별할 수가 있던가) 망토를 잡수시고 비를 맞고 서 있겠지. 슬근슬근 가까이 가서 인력거 타시랍시요 하고 손가방을 받으랴니까 내 손을 탁 뿌리치고 홱 돌아서더니만 '왜 남을 이렇게 귀찮게 굴어!' 그 소리야말로 꾀꼬리 소리지, 허허!"

김첨지는 교묘하게도 정말 꾀꼬리 같은 소리를 내었다. 모든 사람은 일시에 웃었다.

"빌어먹을 깍쟁이 같은 년, 누가 저를 어쩌나, '왜 남을 귀찮게 굴어!' 어이구 소리가 처신도 없지, 허허."

웃음소리들은 높아졌다. 그러나 그 웃음소리들이 사라도 지

기 전에 김첨지는 훌쩍훌쩍 울기 시작하였다.

치삼은 어이없이 주정뱅이를 바라보며,

"금방 웃고 지랄을 하더니 우는 건 또 무슨 일인가."

김첨지는 연해 코를 들이마시며,

"우리 마누라가 죽었다네."

"뭐, 마누라가 죽다니, 언제?"

"이놈아 언제는, 오늘이지."

"옛기 미친놈, 거짓말 말아."

"거짓말은 왜, 참말로 죽었어, 참말로…… 마누라 시체를 집에 뻐들쳐 놓고 내가 술을 먹다니, 내가 죽일 놈이야, 죽일 놈이야."

하고 김첨지는 엉엉 소리를 내어 운다.

치삼은 흥이 조금 깨어지는 얼굴로,

"원 이 사람이, 참말을 하나 거짓말을 하나. 그러면 집으로 가세, 가."

하고 우는 이의 팔을 잡아당기었다.

치삼의 끄는 손을 뿌리치더니 김첨지는 눈물이 글썽글썽한 눈으로 싱그레 웃는다.

“죽기는 누가 죽어.”

하고 득의가 양양.

“죽기는 왜 죽어, 생때같이 살아만 있단다. 그 오라질 년이 밥을 죽이지. 인제 나한테 속았다.”

하고 어린애 모양으로 손뼉을 치며 웃는다.

“이 사람이 정말 미쳤단 말인가. 나도 아주먼네가 잃는단 말은 들었는데.”

하고 치삼이도 어느 불안을 느끼는 듯이 김첨지에게 또 돌아가라고 권하였다.

“안 죽었어, 안 죽었대도 그래.”

김첨지는 화증을 내며 확신 있게 소리를 질렀으되 그 소리엔 안 죽은 것을 믿으려고 애쓰는 가락이 있었다. 기어이 일 원 어치를 채워서 곱배기 한 잔씩 더 먹고 나왔다. 궂은비는 의연히 추적추적 내린다.

김첨지는 취중에도 설렁탕을 사가지고 집에 다다랐다. 집이라 해도 물론 셋집이요 또 집 전체를 세든 게 아니라 안과 뚝 떨어진 행랑방 한 간을 빌려 든 것인데 물을 길어대고 한 달에 일 원씩 내는 터이다. 만일 김첨지가 주기를 띠지 않았던들 한

발을 대문에 들여놓았을 제 그곳을 지배하는 무시무시한 정적 (靜寂) — 폭풍우가 지나간 뒤의 바다 같은 정적에 다리가 떨렸으리라. 쿨룩거리는 기침 소리도 들을 수 없다. 그르렁거리는 숨소리조차 들을 수 없다. 다만 이 무덤 같은 침묵을 깨뜨리는 — 깨뜨린다느니보다 한층 더 침묵을 깊게 하고 불길하게 하는 빡빡 하는 그윽한 소리, 어린애의 젖 빠는 소리가 날 뿐이다. 만일 청각(聽覺)이 예민한 이 같으면 그 빡빡 소리는 빨 따름이요, 꿀떡꿀떡 하고 젖 넘어가는 소리가 없으니 빈 젖을 빤다는 것도 짐작할는지 모르리라.

혹은 김첨지도 이 불길한 침묵을 짐작했는지도 모른다. 그렇지 않으면 대문에 들어서자마자 전에 없이,

"이 난장 맞을 년, 남편이 들어오는데 나와보지도 않아, 이 오라질 년."

이라고 고함을 친 게 수상하다. 이 고함이야말로 제 몸을 엄습해 오는 무시무시한 증을 쫓아 버리려는 허장성세인 까닭이다.

하여간 김첨지는 방문을 왈칵 열었다. 구역을 나게 하는 추기 — 떨어진 삿자리 밑에서 나온 먼지내, 빨지 않은 기저귀에

서 나는 똥내와 오줌내 가지각색 때가 켜켜이 앉은 옷내 병인의 땀 썩은 내가 섞인 추기가 무딘 김첨지의 코를 찔렀다.

방 안에 들어서며 설렁탕을 한구석에 놓을 사이도 없이 주정꾼은 목청을 있는 대로 다 내어 호통을 쳤다.

"이런 오라질 년, 주야장천 누워만 있으면 제일이야. 남편이 와도 일어나지를 못해."

라는 소리와 함께 발길로 누운 이의 다리를 몹시 찼다. 그러나 발길에 채이는 건 사람의 살이 아니고 나무등걸과 같은 느낌이 있었다. 이때에 빽빽 소리가 응아 소리로 변하였다. 개똥이가 물었던 젖을 빼어놓고 운다. 운대도 온 얼굴을 찡그려 붙여서 운다는 표정을 할 뿐이다. 응아 소리도 입에서 나는 게아니고 마치 뱃속에서 나는 듯하였다. 울다가 울다가 목도 잠겼고 또 울 기운조차 시진한 것 같다.

발로 차도 그 보람이 없는 걸 보자 남편은 아내의 머리맡으로 달려들어 그야말로 까치집 같은 환자의 머리를 꺼들어 흔들며,

"이년아, 말을 해, 말을! 입이 붙었어, 이 오라질 년!"

"······"

“으응, 이것 봐, 아무 말이 없네.”

“……”

“이년아, 죽었단 말이냐, 왜 말이 없어.”

“……”

“으응, 또 대답이 없네. 정말 죽었나 버이.”

이러다가 누운 이의 흰 창을 덮은 위로 치뜬 눈을 알아보자마자,

“이 눈깔! 이 눈깔! 왜 나를 바라보지 못하고 천장만 보느냐, 응.”

하는 말 끝엔 목이 메였다. 그러자 산 사람의 눈에서 떨어진 닭의 똥 같은 눈물이 죽은 이의 뻣뻣한 얼굴을 어룽어룽 적시었다. 문득 김첨지는 미친 듯이 제 얼굴을 죽은 이의 얼굴에 한데 비비대며 중얼거렸다.

“설렁탕을 사다 놓았는데 왜 먹지를 못하니, 왜 먹지를 못하니…… 괴상하게도 오늘은! 운수가, 좋더니만…….”

빈
처

1

"그것이 어째 없을까?"

아내가 장문을 열고 무엇을 찾더니 입안말로 중얼거린다.

"무엇이 없어?"

나는 우두커니 책상머리에 앉아서 책장만 뒤적뒤적하다가 물어보았다.

"모본단 저고리가 하나 남았는데……."

"……"

나는 그만 묵묵하였다. 아내가 그것을 찾아 무엇 하려는 것을 앎이라. 오늘 밤에 옆집 할멈을 시켜 잡히려 하는 것이다.

이 2년 동안에 돈 한 푼 나는 데는 없고 그대로 주리면 시장할 줄 알아 기구(器具)와 의복을 전당국 창고(典當局倉庫)에 들이밀거나 고물상 한구석에 세워두고 돈을 얻어오는 수밖에 없었다. 지금 아내가 하나 남은 모본단 저고리를 찾는 것도 아침거리를 장만하려 함이라. 나는 입맛을 쩍쩍 다시고 폈던 책을 덮으며 후— 한숨을 내쉬었다.

봄은 벌써 반이나 지났건마는 이슬을 실은 듯한 밤기운이 방구석으로부터 슬금슬금 기어나와 사람에게 안기고 비가 오는 까닭인지 밤은 아직 깊지 않건만 인적조차 끊어지고 온 천지가 빈 듯이 고요한데 투닥투닥 떨어지는 빗소리가 한없는 구슬픈 생각을 자아낸다.

"빌어먹을 것 되는 대로 되어라."

나는 점점 견딜 수 없어 두 손으로 흩어진 머리카락을 쓰다듬어 올리며 중얼거려 보았다. 이 말이 더욱 처량한 생각을 일으킨다. 나는 또 한 번, "후—" 한숨을 내쉬며 왼팔을 베고 책상에 쓰러지며 눈을 감았다.

이 순간에 오늘 지낸 일이 불현듯 생각이 난다.

늦게야 점심을 마치고 내가 막 궐련(卷煙) 한 개를 피워 물 적에 한성은행(漢城銀行) 다니는 T가 공일이라고 놀러 왔었다. 친척은 다 멀지 않게 살아도 가난한 꼴을 보이기도 싫고 찾아갈 적마다 무엇을 뀌어내라고 조르지도 아니하였건만 행여나 무슨 구차한 소리를 할까 봐서 미리 방패막이를 하고 눈살을 찌푸리는 듯하여 나는 발을 끊고 따라서 찾아오는 이도 없었다. 다만 이 T는 촌수가 가까운 까닭인지 자주 우리를 방문하

였다.

그는 성실하고 공순하며 소소한 소사(小事)에 슬퍼하고 기뻐하는 인물이었다. 동년배(同年輩)인 우리 둘은 늘 친척 간에 비교(比較) 거리가 되었었다. 그리고 나의 평판이 항상 좋지 못했다.

"T는 돈을 알고 위인이 진실해서 그 애는 돈푼이나 모을 것이야! 그러나 K(내 이름)는 아무짝에도 못 쓸 놈이야. 그 잘난 언문(諺文) 섞어서 무어라고 끄적거려 놓고 제 주제에 무슨 조선에 유명한 문학가가 된다니! 시러베아들놈!"

이것이 그네들의 평판이었다. 내가 문학인지 무엇인지 하는 소리가 까닭 없이 그네들의 비위에 틀린 것이다. 더군다나 나는 그네들의 생일이나 혹은 대사(大事) 때에 돈 한 푼 이렇다는 일이 없고 T는 소위 착실히 돈벌이를 하여가지고 국수밥소래나 보조를 하는 까닭이다.

"얼마 아니 되어 T는 잘살 것이고 K는 거지가 될 것이니 두고 보아!"

오촌 당숙은 이런 말씀까지 하였다 한다. 입 밖에는 아니 내어도 친부모 친형제까지라도 심중(心中)으로는 다 이렇게 생

각할 것이다. 그래도 부모는 달라서 화가 나시면, "네가 그리하다가는 말경(末境)에 비렁뱅이가 되고 말 것이야"라고 꾸중은 하셔도, "사람이란 늦복 모르느리라" "그런 사람은 또 그렇게 되느니라" 하시는 것이 스스로 위로하는 말씀이고 또 며느리를 위로하는 말씀이었다. 이것을 보아도 하는 수 없는 놈이라고 단념(斷念)을 하시면서 그래도 잘되기를 바라시고 축원하시는 것을 알겠더라.

여하간 이만하면 T의 사람됨을 가히 알 수가 있다. 그리고 그가 우리집에 올 것 같으면 지어서 쾌활하게 웃으며 힘써 자미스러운 이야기를 하였다. 단둘이 고적(孤寂)하게 그날그날을 보내는 우리에게는 더할 수 없이 반가웠었다.

오늘도 그가 활발하게 집에 쑥 들어오더니 신문지에 싼 기름한 것을 '이것 봐라' 하는 듯이 마루 위에 올려놓고 분주히 구두끈을 끄른다.

"이것은 무엇인가!"

나는 물어보았다.

"저— 제 처의 양산(洋傘)이야요. 쓰던 것이 벌써 다 낡았고 또 살이 부러졌다나요."

그는 구두를 벗고 마루에 올라서며 나오는 웃음을 참지 못하여 벙글벙글 하면서 대답을 한다. 그는 나의 아내를 보며 돌연히,

"아주머니 좀 구경하시렵니까?"

하더니 싼 종이와 집을 벗기고 양산을 펴 보인다. 흰 비단 바탕에 두어 가지 매화를 수놓은 양산이었다.

"검정이는 좋은 것이 많아도 너무 칙칙해 보이고…… 회색이나 누렁이는 하나도 그것이야 싶은 것이 없어서 이것을 산 걸요."

그는 '이것보다 더 좋은 것을 살 수가 있나' 하는 뜻을 보이려고 애를 쓰며 이런 발명까지 한다.

"이것도 퍽 좋은데요."

이런 칭찬을 하면서 양산을 펴 들고 이리저리 홀린 듯이 들여다보고 있는 아내의 눈에는, '나도 이런 것을 하나 가졌으면' 하는 생각이 역력(歷歷)히 보인다.

나는 갑자기 불쾌한 생각이 와락 일어나서 방으로 들어오며 아내의 양산 보는 양을 빙그레 웃고 바라보고 있는 T에게,

“여보게, 방에 들어오게그려, 우리 이야기나 하세.”

T는 따라 들어와 물가 폭등에 대한 이야기며 자기의 월급이 오른 이야기며 주권(株券)을 몇 주 사두었더니 꽤 이익이 남았다든가 이번 각 은행 사무원 경기회(競技會)에서 자기가 우월한 성적을 얻었다든가 이런 것 저런 것 한참 이야기하다가 돌아갔었다.

T를 보내고 책상을 향하여 짓던 소설의 결미(結尾)를 생각하고 있을 즈음에,

“여보!”

아내의 떠는 목소리가 바로 내 귀 곁에서 들린다. 핏기 없는 얼굴에 살짝 붉은빛이 돌며 어느 결에 내 곁에 바싹 다가 앉았더라.

“당신도 살 도리를 좀 하셔요.”

“……”

나는 또 ‘시작하는구나’ 하는 생각이 번개같이 머리에 번쩍이며 불쾌한 생각이 벌컥 일어난다. 그러나 무어라고 대답 할 말이 없이 묵묵히 있었다.

“우리도 남과 같이 살아 보아야지요!”

아내가 T의 양산에 단단히 자극(刺戟)을 받은 것이다. 예술가의 처 노릇을 하려는 독특(獨特)한 결심이 있는 그는 좀처럼 이런 소리를 입 밖에 내지 아니하였다. 그러나 무엇에 상당한 자극만 받으면 참고 참았던 이런 소리를 하게 되는 것이다. 나도 이런 소리를 들을 적마다 '그럴 만도 하다'는 동정심이 없지 아니하나 심사가 어쩐지 좋지 못하였다.

이번에도 '그럴 만도 하다'는 동정심이 없지 아니하되 또한 불쾌한 생각을 억제키 어려웠다. 잠깐 있다가 불쾌한 빛을 드러내며,

"급작스럽게 살 도리를 하라면 어찌할 수가 있소. 차차 될 때가 있겠지!"

"아이구, 차차란 말씀 그만두구려, 어느 천년에……."

아내의 얼굴에 붉은빛이 짙어지며 전에 없던 흥분한 어조로 이런 말까지 하였다. 자세히 보니 두 눈에 은은히 눈물이 괴었더라.

나는 잠시 멍멍하게 있었다. 성낸 불길이 치받쳐 올라온다. 나는 참을 수 없다.

"막벌이꾼한테 시집을 갈 것이지 누가 내게 시집을 오랬어!

저 따위가 예술가의 처가 다 뭐야!"

사나운 어조로 몰풍스럽게 소리를 꽥 질렀다.

"에그……!"

살짝 얼굴빛이 변해지며 어이없이 나를 보더니 고개가 점점 수그러지며 한 방울 두 방울 방울방울 눈물이 장판 위에 떨어진다.

나는 이런 일을 가슴에 그리며 그래도 내일 아침거리를 장만하려고 옷을 찾는 아내의 심중을 생각해보니, 말할 수 없는 슬픈 생각이 가을 바람과 같이 설렁설렁 심골(心骨)을 분지르는 것 같다.

쓸쓸한 빗소리는 굵었다 가늘었다 의연(依然)히 적적한 밤공기에 더욱 처량히 들리고 그을음 앉은 등피(燈皮) 속에서 비추는 불빛은 구름에 가린 달빛처럼 우는 듯 조는 듯 구차(苟且)히 얻어 산 몇 권 양책(洋冊)의 표제(表題) 금자가 번쩍거린다.

2

장 앞에 초연히 서 있던 아내가 무엇이 생각났는지 고개를 끄덕끄덕하며 들릴 듯 말 듯 목 안의 소리로,

"으흐…… 옳지 참 그날…….."

"찾았소!"

"아니야요, 벌써…… 저 인천(仁川) 사시는 형님이 오셨던 날……."

"……"

아내가 애써 찾던 그것도 벌써 전당포의 고운 먼지가 앉았구나! 종지 하나라도 차근차근 아랑곳하는 아내가 그것을 잡혔는지 아니 잡혔는지 모르는 것을 보면 빈곤(貧困)이 얼마나 그의 정신을 물어뜯었는지 가히 알겠다.

"……"

"……"

한참 동안 서로 아무 말이 없었다. 가슴이 어째 답답해지며 누구하고 싸움이나 좀 해보았으면 소리껏 고함이나 질러 보았

으면 실컷 울어 보았으면 하는 일종 이상한 감정이 부글부글 피어오르며, 전신에 이가 스멀스멀 기어다니는 듯 옷이 어째 몸에 끼여 견딜 수가 없다.

나는 이런 감정을 노골적으로 드러내며,

"점점 구차한 살림에 싫증이 나서 못 견디겠지?"

아내는 무엇을 생각하는지 모르게 정신을 잃고 섰다가 그 게슴츠레한 눈이 둥그래지며,

"네에? 어째서요?"

"무얼 그렇지!"

"싫은 생각은 조금도 없어요."

이렇게 말이 오락가락함을 따라 나는 흥분의 도(度)가 점점 짙어 간다.

그래서 아내가 떨리는 소리로,

"어째 그런 줄 아서요?"

하고 반문할 적에,

"나를 숙맥(菽麥)으로 알우?"

라고, 격렬(激烈)하게 소리를 높였다.

아내는 살짝 분한 빛이 눈에 비치어 물끄러미 나를 들여다

본다. 나는 괘씸하다는 듯이 흘겨보며,

"그러면 그걸 모를까! 오늘날까지 잘 참아오더니 인제는 점점 기색이 달라지는걸 뭐! 물론 그럴 만도 하지마는!"

이런 말을 하는 내 가슴에는 지난 일이 활동사진 모양으로 얼른얼른 나타난다.

육 년 전에(그때 나는 십육 세이고 저는 십팔 세였다) 우리가 결혼한 지 얼마 아니 되어 지식에 목마른 나는 지식의 바닷물을 얻어 마시려고 표연히 집을 떠났었다. 광풍(狂風)에 나부끼는 버들잎 모양으로 오늘은 지나(支那) 내일은 일본으로 굴러다니다가 금전의 탓으로 지식의 바닷물도 흠씬 마서 보지도 못하고 반거들충이가 되어 집에 돌아오고 말았다. 내게 시집 올 때에는 방글방글 피려는 꽃봉오리 같던 아내가 어느 결에 기울어 가는 꽃처럼 두 뺨에 선연(鮮妍)한 빛이 스러지고 이마에는 벌써 두어 금 가는 줄이 그리어졌다.

처가 덕으로 집간도 장만하고 세간도 얻어 우리는 소위 살림을 하게 되었다. 처음에는 그럭저럭 지내었지마는 한푼 나는 데 없는 살림이라 한 달 가고 두 달 갈수록 점점 곤란해질 따름이었다. 나는 보수(報酬) 없는 독서와 가치 없는 창작으로

해가 지고 날이 새며 쌀이 있는지 나무가 있는지 망연케 몰랐다. 그래도 때때로 맛있는 반찬이 상에 오르고 입은 옷이 과히 추하지 아니함은 전혀 아내의 힘이었다. 전들 무슨 벌이가 있으리요, 부끄럼을 무릅쓰고 친가에 가서 눈치를 보아 가며 구차한 소리를 하여가지고 얻어 온 것이었다. 그것도 한 번 두 번 말이지 장구한 세월에 어찌 늘 그럴 수가 있으랴! 말경에는 아내가 가져온 세간과 의복에 손을 대는 수밖에 없었다. 잡히고 파는 것도 나는 알은체도 아니하였다. 그가 애를 쓰며 퉁명스러운 옆집 할멈에게 돈푼을 주고 시켰었다.

이런 고생을 하면서도 그는 나의 성공만 마음속으로 깊이깊이 믿고 빌었었다. 어느 때에는 내가 무엇을 짓다가 마음에 맞지 아니하여 쓰던 것을 집어던지고 화를 낼 적에,

"왜 마음을 조급하게 잡수서요! 저는 꼭 당신의 이름이 세상에 빛날 날이 있을 줄 믿어요. 우리가 이렇게 고생을 하는 것이 장래에 잘될 근본이야요."

하고 그는 스스로 흥분되어 눈물을 흘리며 나를 위로한 적도 있었다.

내가 외국으로 돌아다닐 때에 소위 신풍조(新風潮)에 띄어

까닭 없이 구식 여자가 싫어졌다. 그래서 나의 일찍이 장가 든 것을 매우 후회하였다. 어떤 남학생과 어떤 여학생이 서로 연애를 주고받고 한다는 이야기를 들을 적마다 공연히 가슴이 뛰놀며 부럽기도 하고 비감(悲感)스럽기도 하였었다.

그러나 낫살이 들어갈수록 그런 생각도 없어지고 집에 돌아와 아내를 겪어보니 의외에 그에게 따뜻한 맛과 순결한 맛을 발견하였다. 그의 사랑이야말로 이기적 사랑이 아니고 헌신적(獻身的) 사랑이었다. 이런 줄을 점점 깨닫게 될 때에 내 마음이 얼마나 행복스러웠으랴! 밤이 깊도록 다듬이를 하다가 그만 옷 입은 채로 쓰러져 곤하게 자는 그의 파리한 얼굴을 들여다보며,

"아아, 나에게 위안을 주고 원조를 주는 천사여!"

하고 감격이 극하여 눈물을 흘린 일도 있었다.

내가 알다시피 내가 별로 천품은 없으나 어쨌든 무슨 저작가(著作家)로 몸을 세워 보았으면 하여 나날이 창작과 독서에 전심력을 바쳤다. 물론 아직 남에게 인정(認定)될 가치는 없는 것이다. 그 영향으로 자연 일상생활이 말유(末由)하게 되었다.

이런 곤란에 그는 근 이 년 견디어 왔건마는 나의 하는 일은 오히려 아무 보람이 없고 방 안에 놓였던 세간이 줄어가고 장농에 찼던 옷이 거의 다 없어졌을 뿐이다.

그 결과 그다지 견딜성 있던 저도 요사이 와서는 때때로 쓸데없는 탄식을 하게 되었다. 손잡이를 잡고 마루 끝에 우두커니 서서 하염없이 먼 산만 바라보기도 하며 바느질을 하다 말고 실심(失心)한 사람 모양으로 멍멍히 앉았기도 하였다. 창경(窓鏡)으로 비치는 어스름한 햇빛에 나는 흔히 그의 눈물 머금은 근심 있는 눈을 발견하였다. 이럴 때에는 말할 수 없는 쓸쓸한 생각이 들며 일없이,

"마누라!"

하고 부르면 그는 몸을 흠칫 하고 고개를 저리로 돌리어 치맛자락으로 눈물을 씻으며,

"네에?"

하고 울음에 떨리는 가는 대답을 한다. 나는 등에 찬물을 끼얹는 듯 몸이 으쓱해지며 처량한 생각이 싸늘하게 가슴에 흘렀었다. 그렇지 않아도 자비(自卑)하기 쉬운 마음이 더욱 심해지며,

‘내가 무자격한 탓이다.’

하고 스스로 멸시를 하고 나니 더욱 견딜 수 없다.

‘그럴 만도 하다.’

는 동정심이 없지 아니하되 그래도 그만 불쾌한 생각이 일어나며,

‘계집이란 할 수 없어.’

혼자 이런 불평을 중얼거리었다.

환등(幻燈) 모양으로 하나씩 둘씩 이런 일이 가슴에 나타나니 무어라고 말할 용기조차 없어졌다. 나의 유일의 신앙자(信仰者)이고 위로자이던 저까지 인제는 나를 아니 믿게 되고 말았다.

그는 마음속으로,

‘네가 육 년 동안 내 살을 깎고 저미었구나! 이 원수야!’

할 것이다. 이렇게 생각하매 그의 불 같던 사랑까지 엷어져 가는 것 같았다. 아니 흔적도 없이 사라지고 만 것 같았다. 나는 감상적으로 허둥허둥하며,

“낸들 마누라를 고생시키고 싶어 시켰겠소! 비단옷도 해주고 싶고 좋은 양산도 사주고 싶어요! 그러길래 왼종일 쉬지 않

고 공부를 아니 하우. 남 보기에는 펀펀히 노는 것 같아도 실상은 그렇지 안해! 본들 모른단 말이요.”

나는 점점 강한 가면(假面)을 벗고 약한 진상(眞相)을 드러내며 이와 같은 가소로운 변명까지 하였다.

“왼 세상 사람이 다 나를 비소(誹笑)하고 모욕하여도 상관이 없지만 마누라까지 나를 아니 믿어주면 어찌한단 말이요.”

내 말에 스스로 자극이 되어 마침내,

“아아.”

길이 탄식을 하고 그만 쓰러졌다. 이 순간에 고개를 숙이고 아마 하염없이 입술만 물어뜯고 있던 아내가 홀연,

“여보!”

울음소리를 떨면서 무너지는 듯이 내 얼굴에 쓰러진다.

“용서……. ”

하고는 북받쳐 나오는 울음에 말이 막히고 불덩이 같은 두 뺨이 내 얼굴을 누르며 흑흑 느끼어 운다. 그의 두 눈으로부터 샘솟듯 하는 눈물이 제 뺨과 내 뺨 사이를 따뜻하게 젖어 퍼진다.

내 눈에서도 눈물이 흘러내린다. 뒤숭숭하던 생각이 다 이

뜨거운 눈물에 봄눈 슬듯 스러지고 말았다.

한참 있다가 우리는 눈물을 씻었다. 내 속이 얼마큼 시원한 듯하였다.

"용서하여 주서요! 그렇게 생각하실 줄은 몰랐어요."

이런 말을 하는 아내는 눈물에 불어오른 눈꺼풀을 아픈 듯이 꿈적거린다.

"암만 구차하기로니 싫증이야 날까요! 나는 한번 먹은 마음이 있는데……."

가만가만히 변명을 하는 아내의 눈물 흔적이 어룽어룽한 얼굴을 물끄러미 바라보며 겨우 심신이 가뜬하였다.

3

어제 일로 심신이 피곤하였던지 그 이튿날 늦게야 잠을 깨니 간밤에 오던 비는 어느 결에 그치었고 명랑한 햇발이 미닫이에 높았더라. 아내가 다시금 장문을 열고 잡힐 것을 찾을 즈

음에 누가 중문을 열고 들어온다. 우리는 누군가 하고 귀를 기울일 적에 밖에서,

"아씨!"

하는 소리가 들렸다.

아내는 급히 방문을 열고 나갔다. 그는 처가에서 부리는 할멈이었다. 오늘이 장인 생신이라고 어서 오라는 말을 전한다.

"오늘이야! 참 옳지, 오늘이 이월 열엿샛날이지, 나는 깜빡 잊었어!"

"원 아씨는 딱도 하십니다. 어쩌면 아버님 생신을 잊으신단 말씀이요. 아무리 살림이 자미가 나시더래도⋯⋯."

시큰둥한 할멈은 선웃음을 쳐가며 이런 소리를 한다.

가난한 살림에 골몰하느라고 자기 친부의 생신까지 잊었는가 하매 아내의 정지(情地)가 더욱 측은하였다.

"오늘이 본가 아버님 생신이라요. 어서 오시라는데⋯⋯."

"어서 가구려⋯⋯."

"당신도 가셔야지요. 우리 같이 가셔요."

하고 아내는 하염없이 얼굴을 붉힌다.

나는 처가에 가기가 매우 싫었었다. 그러나 아니 가는 것도

내 도리가 아닐 듯하여 하는 수 없이 두루마기를 입었다.

아내는 머뭇머뭇하며 양미간을 보일 듯 말 듯 찡그리다가 곁눈으로 살짝 나를 엿보더니 돌아서서 급히 장문을 연다.

'흥, 입을 옷이 없어서 망설거리는구나.'

나도 슬쩍 돌아서며 생각하였다.

우리는 서로 등지고 섰건만 그래도 아내가 거의 다 빈 장 안을 들여다보며 입을 만한 옷이 없어 눈살을 찌푸린 양이 눈앞에 선연함을 어찌할 수가 없었다.

"자아, 가셔요."

무엇을 생각는지 모르게 정신을 잃고 섰다가 아내의 부르는 소리를 듣고 나는 기계적으로 고개를 돌리었다. 아내는 당목 옷을 갈아입고 내 마음을 알았던지 나를 위로하는 듯이 방그레 웃는다. 나는 더욱 쓸쓸하였다.

우리집은 천변 배다리 곁에 있고 처가는 안국동에 있어 그 거리가 꽤 멀었다. 나는 천천히 가느라고 가고 아내는 속히 오느라고 오건마는 그는 늘 뒤떨어졌었다. 내가 한참 가다가 뒤를 돌아보면 그는 늘 멀리 떨어져 나를 따라오려고 애를 쓰며 주춤주춤 걸어온다. 길가에 다니는 어느 여자를 보아도 거의

다 비단옷을 입고 고운 신을 신었는데 아내만 당목 옷을 허술하게 차리고 청목당혜로 타박타박 걸어오는 양이 나에게 얼마나 애연(哀然)한 생각을 일으켰는지!

한참 만에 나는 넓고 높은 처가 대문에 다다랐다. 내가 안으로 들어갈 적에 낯선 사람들이 나를 흘끔흘끔 본다. 그들의 눈에,

'이 사람이 누구인가. 아마 이 집 하인인가 보다.'

하는 경멸히 여기는 빛이 있는 것 같았다. 안 대청 가까이 들어오니 모두 내게 분분히 인사를 한다. 그 인사하는 소리가 내 귀에는 어째 비소하는 것 같기도 하고 모욕하는 것 같기도 하여 공연히 가슴이 두근거리고 얼굴이 후끈거리었다.

그 중에 제일 내게 친숙하게 인사하는 사람이 있다. 그는 아내보다 삼 년 맏이인 처형이었다. 내가 어려서 장가를 들었으므로 그때 그는 나를 못 견디게 시달렸다. 그때는 그가 싫기도 하고 밉기도 하더니 지금 와서는 그때 그러한 것이 도리어 우리를 무관하고 정답게 만들었다. 그는 인천 사는데 자기 남편이 기미(期米)를 하여 가지고 이번에 돈 십만 원이나 착실히 땄다 한다. 그는 자기의 잘사는 것을 자랑하고자 함인지 비단

을 내리감고 치감고 얼굴에 부유한 태(態)가 질질 흐른다. 그러나 분으로 숨기려고 애쓴 보람도 없이 눈 위에 퍼렇게 멍든 것이 내 눈에 띄었다.

"왜 마누라는 어쩌고 혼자 오셔요!"

그는 웃으며 이런 말을 하다가 중문 편을 바라보더니,

"그러면 그렇지! 동부인 아니 하고 오실라구!"

혼자 주고받고 한다. 나도 이 말을 듣고 슬쩍 돌아다보니 아내가 벌써 중문 안에 들어섰더라. 그 수척한 얼굴이 더욱 수척해 보이며 눈물 괸 듯한 눈이 하염없이 웃는다. 나는 유심히 그와 아내를 번갈아 보았다. 처음 보는 사람은 분간을 못하리만큼 그들의 얼굴은 혹사(酷似)하다. 그런데 얼굴빛은 어쩌면 저렇게 틀리는지! 하나는 이글이글 만발한 꽃 같고 하나는 시들시들 마른 낙엽 같다. 아내를 형이라 하고, 처형을 아우라 하였으면 아무라도 속을 것이다. 또 한번 아내를 보며 말할 수 없는 쓸쓸한 생각이 다시금 가슴을 누른다. 딴 음식은 별로 먹지도 아니하고 못 먹는 술을 넉 잔이나 마시었다. 그래도 바늘방석에 앉은 것처럼 앉아 견딜 수가 없다. 집에 가려고 나는 몸을 일으켰다. 골치가 띵 하며 내가 선 방바닥이 마치 폭풍에

도도(滔滔)하는 파도같이 높았다 낮았다 어질어질해서 곧 쓰러질 것 같다. 이 거동을 보고 장모가 황망(慌忙)히 일어서며,

"술이 저렇게 취해가지고 어데로 갈라구. 여기서 한잠 자고 가게."

나는 손을 내저으며,

"아니에요. 집에 가겠어요."

취한 소리로 중얼거리었다.

"저를 어쩌나!"

장모는 걱정을 하시더니,

"할멈! 어서 인력거 한 채 불러오게."

한다.

취중에도 인력거를 태우지 말고 그 인력거 삯을 나를 주었으면 책 한 권을 사보련만 하는 생각이 있었다. 인력거를 타고 얼마 아니 가서 그만 잠이 들고 말았다.

한참 자다가 잠을 깨어 보니 방 안에 벌써 남폿불이 키었는데 아내는 어느 결에 왔는지 외로이 앉아 바느질을 하고 화로에서는 무엇이 끓는 소리가 보글보글하였다. 아내가 나의 잠 깬 것을 보더니 급히 화로에 얹은 것을 만져보며,

“인제 그만 일어나 진지를 잡수셔요.”

하고 부리나케 일어나 아랫목에 파묻어둔 밥그릇을 꺼내어 미리 차려 둔 상에 얹어서 내 앞에 갖다놓고 일변 화로를 당기어 더운 반찬을 집어 얹으며,

“자아 어서 일어나셔요.”

나는 마지못하여 하는 듯이 부시시 일어났다. 머리가 오히려 아프며 목이 몹시 말라서 국과 물을 연해 들이켰다.

“물만 잡수셔서 어째요. 진지를 좀 잡수셔야지.”

아내는 이런 근심을 하며 밥상머리에 앉아서 고기도 뜯어 주고 생선 뼈도 추려주었다. 이것은 다 오늘 처가에서 가져 온 것이다. 나는 맛나게 밥 한 그릇을 다 먹었다. 내 밥상이 나매 아내가 밥을 먹기 시작한다. 그러면 지금껏 내 잠 깨기를 기다리고 밥을 먹지 아니하였구나 하고 오늘 처가에서 본 일을 생각하였다. 어제 일이 있은 후로 우리 사이에 무슨 벽이 생긴 듯하던 것이 그 벽이 점점 엷어져 가는 듯하며 가엾고 사랑스러운 생각이 일어났었다. 그래서 우리는 정답게 이런 이야기 저런 이야기를 하게 되었다. 우리의 이야기는 오늘 장인 생신 잔치로부터 처형 눈 위에 멍든 것에 옮겨 갔다.

처형의 남편이 이번 그 돈을 딴 뒤로는 주야 요리점과 기생 집에 돌아다니더니 일전에 어떤 기생을 얻어가지고 미쳐 날뛰며 집에만 들면 집안 사람을 들볶고 걸핏하면 처형을 친다 한다. 이번에도 별로 대단치 않은 일에 처형에게 밥상으로 냅다 갈겨 바로 눈 위에 그렇게 멍이 들었다 한다.

"그것 보아 돈푼이나 있으면 다 그런 것이야."

"정말 그래요. 없으면 없는 대로 살아도 의좋게 지내는 것이 행복이야요."

아내는 충심(衷心)으로 공명(共鳴)해 주었다.

이 말을 들으매 내 마음은 말할 수 없이 만족해지며 무슨 승리자나 된 듯이 득의양양하였다.

그리고 마음속으로,

'옳다, 그렇다. 이렇게 지내는 것이 행복이다.'

하였다.

4

이틀 뒤 해 어스름에 처형은 우리 집에 놀러 왔었다. 마침 내가 정신없이 무엇을 생각하고 있을 즈음에 쓸쓸하게 닫혀 있는 중문이 찌긋둥 하며 비단옷 소리가 사으락사으락 들리더니 아랫목은 내게 빼앗기고 웃목에 바느질을 하고 있던 아내가 문을 열고 나간다.

"아이고 형님 오서요."

아내의 인사하는 소리가 들리더니 처형이 계집 하인에게 무엇을 들리고 들어온다. 나도 반갑게 인사를 하였다.

"그날 매우 욕을 보셨지요. 못 잡숫는 술을 무슨 짝에 그렇게 잡수서요."

그는 이런 인사를 하다가 급작스럽게 계집 하인이 든 것을 빼앗더니 그 속에서 신문지로 싼 것을 끄집어내어 아내를 주며,

"내 신 사는데 네 신도 한 켤레 샀다. 그날 청목당혜를……"

말을 하려다가 나를 곁눈으로 흘끗 보고 그만 입을 닫친다.

“그것을 왜 또 사셨어요.”

해쓱한 얼굴에 꽃물을 들이며 아내가 치사하는 것도 들은 체 만 체하고 처형은 또 이야기를 시작한다.

“올 적에 사랑양반을 졸라서 돈 백 원을 얻었겠지. 그래서 오늘 종로에 나와서 옷감도 바꾸고 신도 사고…….”

그는 자랑과 기쁨의 빛이 얼굴에 퍼지며 싼 보를 끌러,

“이런 것이야!”

하고 우리 앞에 펼쳐놓는다.

자세히는 모르나 여하간 값 많은 품 좋은 비단일 듯하다. 무늬 없는 것, 무늬 있는 것, 회색 옥색 초록색 분홍색이 갖가지로 윤이 흐르며 색색이 빛이 나서 나는 한참 황홀하였다. 무슨 칭찬을 해야 되겠다 싶어서,

“참 좋은 것인데요.”

이런 말을 하다가 나는 또 쓸쓸한 생각이 일어난다. 저것을 보는 아내의 심중이 어떠할까? 하는 의문이 문득 일어남이라.

“모다 좋은 것만 골라 샀습니다그려.”

아내는 인사를 차리느라고 이런 칭찬은 하나마 별로 부러워하는 기색이 없다.

나는 적이 의외의 감이 있었다.

처형은 자기 남편의 흉을 보기 시작하였다. 그 밉살스럽다는 둥 그 추근추근하다는 둥 말끝마다 자기 남편의 불미한 점을 들다가 문득 이야기를 끊고 일어선다.

"왜 벌써 가시려고 하서요. 모처럼 오셨다가 반찬은 없어도 저녁이나 잡수서요."

하고 아내가 만류를 하니,

"아니 곧 가야지. 오늘 저녁 차로 떠날 것이니까 가서 짐을 매어야지. 아직 차 시간이 멀었어? 아니 그래도 정거장에 일찍이 나가야지 만일 기차를 놓치면 오죽 기다리실라구. 벌써 오늘 저녁 차로 간다고 편지까지 했는데……."

재삼 만류함도 돌아보지 아니하고 그는 홀홀히 나간다. 우리는 그를 보내고 방에 들어왔다.

나는 웃으며 아내에게,

"그까짓 것이 기다리는데 그다지 급급히 갈 것이 무엇이야."

아내는 하염없이 웃을 뿐이었다.

"그래도 옷감 바꿀 돈을 주었으니 기다리는 것이 애처롭기

는 하겠지.”

밉살스러우니 추근추근하니 하여도 물질의 만족만 얻으면 그것으로 위로하고 기뻐하는 그의 생활이 참 가련하다 하였다.

“참, 그런가 보아요.”

아내도 웃으며 내 말을 받는다. 이때에 처형이 사준 신이 그의 눈에 띄었는지 (혹은 나를 꺼려 보고 싶은 것을 참았는지 모르나) 그것을 집어 들고 조심조심 펴보려다가 말고 머뭇머뭇한다. 그 속에 그를 해케 할 무슨 위험품이나 든 것같이.

“어서 펴보구려.”

아내는 이 말을 듣더니,

‘작히 좋으랴.’

하는 듯이 활발하게 싼 신문지를 헤친다.

“퍽 이쁜걸요.”

그는 근일에 드문 기쁜 소리를 치며 방바닥 위에 사뿐 내려 놓고 버선을 당기며 곱게 신어본다.

“어쩌면 이렇게 맞어요!”

연해연방 감탄사를 부르짖는 그의 얼굴에 흔연한 희색이 넘

쳐흐른다.

“……”

묵묵히 아내의 기뻐하는 양을 보고 있는 나는 또다시,

‘여자란 할 수 없어!’

하는 생각이 들며,

‘조심하였을 따름이다!’

하매 밤빛 같은 검은 그림자가 가슴을 어둡게 하였다.

그러면 아까 처형의 옷감을 볼 적에도 물론 마음속으로는
부러워하였을 것이다. 다만 표면에 드러내지 않았을 따름이
다. 겨우,

“어서 펴보구려.”

하는 한마디에 가슴에 숨겼던 생각을 속임 없이 나타내는구
나 하였다. 내가 무엇을 생각하고 있는지 저는 모르고 새신 신
은 발을 조금 쳐들며,

“신 모양이 어때요.”

“매우 이뻐!”

겉으로는 좋은 듯이 대답을 하였으나 마음은 쓸쓸하였다.
내가 제게 신 한 켤레를 사주지 못하여 남에게 얻은 것으로 만

족하고 기뻐하는도다…….

웬일인지 이번에는 그만 불쾌한 생각이 일어나지 아니하였다. 처형이 동서(同壻)를 밉다거니 무엇이니 하면서도 기차를 놓치면 남편이 기다릴까 염려하여 급히 가던 것이 생각난다. 그것을 미루어 아내의 심사도 알 수가 있다. 부득이한 경우라 하릴없이 정신적 행복에만 만족하려고 애를 쓰지마는 기실(其實) 부족한 것이다. 다만 참을 따름이다. 그것은 내가 생각해야 된다. 이런 생각을 하니 전날 아내에게 그런 말을 한 것이 후회가 난다.

'어느 때라도 제 은공을 갚아줄 날이 있겠지!'

나는 마음을 좀 너그럽게 먹고 이런 생각을 하며 아내를 보았다.

"나도 어서 출세를 하여 비단신 한 켤레쯤은 사주게 되었으면 좋으련만……"

아내가 이런 말을 듣기는 참 처음이다.

"네에?"

아내는 제 귀를 못 미더워하는 듯이 의아(疑訝)한 눈으로 나를 보더니 얼굴에 살짝 열기가 오르며,

"얼마 안 되어 그렇게 될 것이야요!"

라고 힘있게 말하였다.

"정말 그럴 것 같소?"

나는 약간 흥분하여 반문하였다.

"그러문요, 그렇고말고요."

아직 아무도 인정해주지 않은 무명작가인 나를 다만 저 하나가 깊이깊이 인정해준다. 그러기에 그 강한 물질에 대한 본능적 요구도 참아가며 오늘날까지 몹시 눈살을 찌푸리지 아니하고 나를 도와준 것이다.

'아아, 나에게 위안을 주고 원조를 주는 천사여!'

마음속으로 이렇게 부르짖으며 두 팔로 덥썩 아내의 허리를 잡아 내 가슴에 바싹 안았다. 그다음 순간에는 뜨거운 두 입술이……

그의 눈에도 나의 눈에도 그렁그렁한 눈물이 물 끓듯 넘쳐 흐른다.

술 권하는 사회

"아이야, 아야."

홀로 바느질을 하고 있던 아내는 얼굴을 살짝 찌푸리고 가늘고 날카로운 소리로 부르짖었다. 바늘 끝이 왼손 엄지손가락 손톱 밑을 찔렀음이다. 그 손가락은 가늘게 떨고 하얀 손톱 밑으로 앵두빛 같은 피가 비친다. 그것을 볼 사이도 없이 아내는 얼른 바늘을 빼고 다른 손 엄지손가락으로 그 상처를 누르고 있다. 그러면서 하던 일가지를 팔꿈치로 고이고이 밀어 내려놓았다. 이윽고 눌렀던 손을 떼어 보았다. 그 언저리는 인제 다시 피가 아니 나려는 것처럼 혈색(血色)이 없다. 하더니, 그 희던 꺼풀 밑에 다시금 꽃물이 차츰차츰 밀려온다. 보일 듯 말 듯한 그 상처로부터 좁쌀 낱 같은 핏방울이 송송 솟는다. 또 아니 누를 수 없다. 이만하면 그 구멍이 아물었으려니 하고 손을 떼면 또 얼마 아니 되어 피가 비치어 나온다.

인제 헝겊 오락지로 처매는 수밖에 없다. 그 상처를 누른 채 그는 바느질 고리에 눈을 주었다. 거기 쓸만한 오락지는 실패 밑에 있다. 그 실패를 밀어내고 그 오락지를 두 새끼손가락 사이에 집어 올리려고 한동안 애를 썼다. 그 오락지는 마치 풀로 붙여둔 것 같은 고리 밑에 착 달라 붙어 세상 잡혀지지 않

는다. 그 두 손가락은 헛되이 그 오락지 위를 긁적거리고 있을 뿐이다.

"왜 집혀지지르 않아!"

그는 마침내 울듯이 부르짖었다. 그리고 그것을 집어줄 사람이 없나 하는 듯이 방 안을 둘러보았다. 방 안은 텅 비어 있다. 어느 뉘 하나 없다. 호젓한 허영(虛影)만 그를 휩싸고 있다. 바깥도 죽은 듯이 고요하다. 시시로 퐁퐁 하고 떨어지는 수도의 물방울 소리가 쓸쓸하게 들릴 뿐, 문득 전등불이 광채(光彩)를 더 하는 듯하였다. 벽상(壁上)에 걸린 괘종(掛鐘)의 거울이 번들하며, 새로 한 점을 가리키려는 시침(時針)이 위협하는 듯이 그의 눈을 쏜다.

그의 남편은 그때껏 돌아오지 않았었다.

아내가 되고 남편이 된 지는 벌써 오랜 일이다. 어느덧 7, 8년이 지냈으리라. 하건만 같이 있어 본 날을 헤아리면 단 일년이 될락 말락 한다. 막 그의 남편이 서울서 중학을 마쳤을 제 그와 결혼하였고, 그러자마자 고만 동경(東京)에 부급한 까닭이다. 거기서 대학까지 졸업을 하였다. 이 길고 긴 세월에 아내는 얼마나 괴로웠으며 외로웠으랴! 봄이면 봄, 겨울이면

겨울, 웃는 꽃을 한숨으로 맞았고 얼름 같은 베게를 뜨거운 눈물로 데웠다. 몸이 아플 때, 마음이 쓸쓸할 제, 얼마나 그가 그리웠으랴! 하건만 아내는 이 모든 고생을 이를 악물고 참았었다. 참을 뿐이 아니라 달게 받았었다. 그것은 남편이 돌아오기만 하면! 하는 생각이 그에게 위로를 주고 용기를 준 까닭이었다. 남편이 동경에서 무엇을 하고 있나? 공부를 하고 있다. 공부가 무엇인가? 자세히 모른다. 또 알려고 애쓸 필요도 없다. 어찌하였든지 이 세상에 제일 좋고 제일 귀한 무엇이라 한다. 마치 옛날이야기에 있는 도깨비의 부자(富者) 방망이 같은 것이어니 한다. 옷 나오라면 옷 나오고, 밥 나오라면 밥 나오고, 돈 나오라면 돈 나오고…… 저 하고 싶은 무엇이든지 청해서 아니되는 것이 없는 무엇을, 동경에서 얻어가지고 나오려니 하였었다. 가끔 놀러오는 친척들이 비단 옷 입은 것과 금지환(金地環) 낀 것을 볼 때에 그 당장엔 마음 그윽이 부러워도 하였지만 나중엔 '남편만 돌아오면……' 하고 그것에 경멸하는 시선을 던지었다.

남편이 돌아왔다. 한 달이 지나가고 두 달이 지나간다. 남편의 하는 행동이 자기의 기대하던 바와 조금 배치(背馳)되는 듯

하였다. 공부 아니한 사람보다 조금도 다른 것이 없었다. 아니다, 다르다면 다른 점도 있다. 남은 돈벌이를 하는데 그의 남편은 도리어 집안 돈을 쓴다. 그러면서도 어디인지 분주히 돌아다닌다. 집에 들면 정신없이 무슨 책을 보기도 하고 또는 밤새도록 무엇을 쓰기도 하였다.

"저러는 것이 참말 부자 방망이를 맨드는 것인가 보다."

아내는 스스로 이렇게 해석한다. 또 두어 달 지나갔다. 남편의 하는 일은 늘한 모양이었다. 한 가지 더한 것은 때때로 깊은 한숨을 쉬는 것뿐이었다. 그리고 무슨 근심이 있는 듯이 얼굴을 펴지 않았다. 몸은 나날이 축이 나간다.

"무슨 걱정이 있는고?"

아내는 따라서 근심을 하게 되었다. 하고는 그 여윈 것을 보충하려고 갖가지로 애를 썼다. 곧 될 수 있는 대로 그의 밥상에 맞난 반찬가지를 붙게 하며 또 고음 같은 것도 만들었다. 그런 보람도 없이 남편은 입맛이 없다 하며 그것을 잘 먹지도 않았다. 또 몇 달이 지나갔다. 인제 출입을 뚝 끊고 늘 집에 붙어 있다. 걸핏하면 성을 낸다. 입버릇 모양으로 화난다, 화난다 하였다.

어느 날 새벽, 아내가 어렴풋이 잠을 깨어, 남편의 누웠던 자리를 더듬어 보았다. 쥐이는 것은 이불자락뿐이다. 잠결에도 조금 실망을 아니 느낄 수 없었다. 잃은 것을 찾으려는 것처럼, 눈을 부스스 떴다. 책상 위에 머리를 쓰러뜨리고 두 손으로 그것을 움켜쥐고 있는 남편을 보았다. 흐릿한 의식이 돌아옴에 따라, 남편의 어깨가 덜석덜석 움직임도 깨달았다. 흑흑 느끼는 소리가 귀를 울린다. 아내는 정신을 바짝 차리었다. 불현듯이 몸을 일으켰다. 이윽고 아내의 손은 가볍게 남편의 등을 흔들며 목에 걸리고 나오지 않은 소리로,

"왜 이러고 계셔요."라고 물어보았다.

"……."

남편은 아무 대답이 없다. 아내는 손으로 남편의 얼굴을 괴어 들려고 할 즈음에, 그것이 뜨뜻하게 눈물에 젖는 것을 깨달았다.

또 한 두어 달 지나갔다. 처음처럼 다시 출입이 자유로웠다. 구역이 날 듯한 술 냄새가 밤늦게 돌아오는 남편의 입에서 나게 되었다. 그것이 요사이 일이다. 오늘 밤에도 지금까지 돌아오지 않았다. 초저녁부터 아내는 별별 생각을 다 하면서 남편

을 고대고대 하고 있었다. 지리한 시간을 속히 보내려고 치웠던 일가지를 또 꺼내었다. 그것조차 뜻같이 아니 되었다. 때때로 바늘이 헛되이 움직이었다. 마침내 그것에 찔리고 말았다.

"어데를 가서 이때껏 오시지 않아!"

아내는 이제 아픈 것도 잊어버리고 짜증을 내었다. 잠깐 그를 떠났던 공상과 환영이 다시금 그의 머리에 떠돌기 시작하였다. 이상한 꽃을 수놓은, 흰 보(褓) 위에 맛난 요리를 담은 접시가 번쩍인다. 여러 친구와 술을 권커니 잡거니 하는 광경이 보인다. 그의 남편은 미친 듯이 껄껄 웃는다. 나중에는 검은 휘장이 스르르 하는 듯이 그 모든 것이 사라져 버리더니 낭자(狼藉)한 요리상만이 보이기도 하고, 술병만 희게 빛나기도 하고, 아까 그 기생이 한 팔로 땅을 짚고 진저리를 쳐가며 웃는 꼴이 보이기도 하였다. 또한 남편이 길바닥에 쓰러져 우는 것도 보이었다.

"문 열어라!"

문득 대문이 덜컥하고 혀가 꼬부라진 소리로 부르는 듯하였다.

"네."

저도 모르게 대답을 하고 급히 마루로 나왔다. 잘못 신은, 발에 아니 맞는 신을 질질 끌면서 대문으로 달렸다. 중문은 아직 잠그지도 않았고 행랑방에 사람이 없지 않지마는 으레 깊은 잠에 떨어졌을 줄 알고 자기가 뛰어 나감이었다. 가느름한 손이 어둠 속에서 희게 빗장을 잡고 한참 실랑이를 한다. 대문은 열렸다.

밤바람이 선득하게 얼굴에 안친다. 문 밖에는 아무도 없다! 온 골목에 사람의 그림자도 볼 수 없다. 검푸른 밤빛이 허연 길 위에 그믈그믈 깃들였을 뿐이었다.

아내는 무엇에 놀란 사람 모양으로 한참 멀거니 서 있었다. 문득 급거히 대문을 닫친다. 마치 그 열린 사이로 악마나 들어올 것처럼.

“그러면 바람소리였구먼.”

하고 싸늘한 뺨을 쓰다듬으며 해쭉 웃고 발길을 돌리었다.

“아니 내가 분명히 들었는데…… 혹 내가 잘못 보지를 않았나? …… 길바닥에나 쓰러져 있었으면 보이지도 않을 터야…….”

중간문까지 다다르자 별안간 이런 생각이 그의 걸음을 멈추

게 하였다.

"대문을 또 좀 열어볼까?…… 아니야, 내가 헛들었지. 그래도 혹…… 아니야, 내가 헛들었지."

망설거리면서도 꿈꾸는 사람 모양으로 저도 모를 사이에 마루까지 올라왔다. 매우 기묘한 생각이 번개같이 그의 머리에 번쩍인다.

"내가 대문을 열었을 제 나 몰래 들어오지나 않았나?……"

과연 방 안에 무슨 소리가 나는 것 같았다. 확실히 사람의 기척이 있다. 어른에게 꾸중 모시러 가는 어린애처럼 조심조심 방문 앞에 왔다. 그리고 문간 아래로 손을 대며 하염없이 웃는다. 그것은 제 잘못을 용서해 줍시사 하는 어린애 같은 웃음이었다. 조심조심 방문을 열었다. 이불이 어째 움직움직 하는 듯하였다.

"나를 속이랴고 이불을 쓰고 누웠구먼."

하고 마음속으로 소곤거렸다. 가만히 내려앉는다. 그 모양이 이것을 건드려서 큰일이 나지요 하는 듯하였다. 이불을 펄쩍 쳐들었다. 비인 요가 하얗게 드러난다. 그제야 확실히 아니 온 줄 안 것처럼,

"아니 왔구면, 안 왔어!"라고 울듯이 부르짖었다.

남편이 돌아오기는 새로 두 점이 훨씬 지난 뒤였다. 무엇이 털썩 하는 소리가 들리고 잇달아,

"아씨, 아씨!"라고 부르는 소리가 귀를 때릴 때에야 아내는 비로소 아직도 앉았을 자기가 이불 위에 쓰러져 있음을 깨달았다. 기실, 잠귀 어두운 할멈이 대문을 열었으리만큼 아내는 깜박 잠이 깊이 들었었다. 하건만 그는 몽경(夢境)에서 방황하는 정신을 당장에 수습하였다. 두어 번 얼굴을 쓰다듬자마자 불현듯 밖으로 나왔다.

남편은 한 다리를 마루 끝에 걸치고 한 팔을 베고 옆으로 누워있다. 숨소리가 씨근씨근 한다. 막 구두를 벗기고 일어나 할멈은 검붉은 상을 찡그려붙이며,

"어서 일어나 방으로 들어가세요."라고 한다.

"응, 일어나지."

나리는 혀를 억지로 돌리어 코와 입으로 대답을 하였다. 그래도 몸은 꿈적도 않는다. 도리어 그 개개풀린 눈을 자려는 것처럼 스르르 감는다. 아내는 눈만 비비고 서 있다.

"어서 일어나서요. 방으로 들어가시라니까."

이번에는 대답조차 아니한다. 그 대신 무엇을 잡으려는 것처럼 손을 내어 젓더니,

"물, 물, 냉수를 좀 주어."라고 중얼거렸다.

할멈은 얼른 물을 따라 이취자(泥醉者)의 코밑에 놓았건만, 그 사이에 벌써 아까 청(請)을 잊은 것같이 취한 이는 물을 먹으려고도 않는다.

"왜 물을 아니 잡수서요." 곁에서 할멈이 깨우쳤다.

"응 먹지 먹어." 하고, 그제야 주인은 한 팔을 짚고 고개를 든다. 한꺼번에 물 한 대접을 다 들이켜 버렸다. 그리고는 또 쓰러진다.

"에그, 또 눕네." 하고, 할멈은 우물로 기어드는 어린애를 안으려는 모양으로 두 손을 내어민다.

"할멈은 고만 가 자게."

주인은 귀치않다는 듯이 말을 한다.

이를 어찌해, 하는 듯이 멀거니 서 있는 아내도, 할멈이 고만 갔으면 하였다. 남편을 붙들어 일으킬 생각이야 간절하였지마는, 할멈이 보는데 어찌 그럴 수 없는 것 같았다. 혼인한 지가 7~8년이 되었으니 그런 파수(破羞)야 되었으련만 같이

있어 본 날을 꼽아보며, 그는 아직 갓 시집 온 색시였다.

"할멈은 가 자게."란 말이 목까지 올라왔지만 입술에서 사라지고 말았다. 마음 그윽이 할멈이 돌아가기만 기다릴 뿐이었다.

"좀 일으켜 드려야지."

가기는커녕, 이런 말을 하고, 할멈은 선웃음을 치면서 마루로 부득부득 올라온다. 그 모양은 마치, 주인 나리가 약주가 취하시거든, 방에까지 모셔다 드려야 제 도리에 옳지요, 하는 듯하였다.

"자아, 자아."

할멈은 아씨를 보고 히히 웃어가며, 나리의 등 밑으로 손을 넣는다.

"왜 이래, 왜 이래. 내가 일어날 테야." 하고, 몸을 움직이더니, 정말 주인이 부스스 일어난다. 마루를 쾅쾅 눌러 디디며, 비틀비틀, 곧 쓰러질 듯한 보조(步調)로 방문을 향하여 걸어간다. 와지끈하며 문을 열어젖히고는 방 안으로 들어간다. 아내도 뒤따라 들어왔다. 할멈은 중간 턱을 넘어설 제, 몇 번 혀를 차고는, 저 갈 데로 가버렸다.

벽에 엇비슷하게 기대어 있는 남편은 무엇을 생각하는 듯이 고개를 숙이고 있다. 그의 말라붙은 관자놀이에 펄떡거리는 푸른 맥(脈)을 아내는 걱정스럽게 바라보면서 남편 곁으로 다가온다. 아내의 한 손은 양복 깃을, 또 한 손은 그 소매를 잡으며 화(和)한 목성으로,

"자아, 벗으셔요." 하였다.

남편은 문득 미끄러지는 듯이 벽을 타고 내려앉는다. 그의 쭉 뻗친 발끝에 이불자락이 저리로 밀려간다.

"에그, 왜 이리 하셔요. 벗자는 옷은 아니 벗으시고."

그 서슬에 넘어질 뻔한 아내는 애달프게 부르짖었다. 그러면서도 같이 따라 앉는다. 그의 손은 또 옷을 잡았다.

"옷이 구겨집니다. 제발 좀 벗으셔요."라고 아내는 애원을 하며, 옷을 벗기려고 애를 쓴다. 하나, 취한 이의 등이 천근(千斤)같이 벽에 척 들러붙었으니 벗겨질 리(理)가 없다. 애를 쓰다쓰다 옷을 놓고 물러앉으며,

"원 참, 누가 술을 이처럼 권하였노."라고 짜증을 낸다.

"누가 권하였노? 누가 권하였노? 흥 흥."

남편은 그 말이 몹시 귀에 거슬리는 것처럼 곱삶는다.

“그래, 누가 권했는지 마누라가 좀 알아내겠소?” 하고 낄낄 웃는다. 그것은 절망의 가락을 띤, 쓸쓸한 웃음이었다. 아내도 따라 방긋 웃고는 또 옷을 잡으며,

“자아, 옷이나 먼저 벗으셔요. 이야기는 나중에 하지요. 오늘 밤에 잘 주무시면 내일 아침에 알으켜 드리지요.”

“무슨 말이야, 무슨 말이야. 왜 오늘 일을 내일로 미루어. 할 말이 있거든 지금 해!”

“지금은 약주가 취하셨으니, 내일 약주가 깨시거든 하지요.”

“무엇? 약주가 취해서?” 하고 고개를 절레절레 흔들며,

“천만에, 누가 술이 취했단 말이요. 내가 공연히 이러지, 정신은 말뚱 말뚱하오. 꼭 이야기하기 좋을 만해. 무슨 말이든지…… 자아.”

“글쎄, 왜 못 잡수시는 약주를 잡수서요. 그러면 몸에 축이 나지 않아요.”

하고 아내는 남편의 이마에 흐르는 진땀을 씻는다.

이취자(泥醉者)는 머리를 흔들며,

“아니야, 아니야, 그런 말을 듣자는 것이 아니야.” 하고 아

까 일을 추상하는 것처럼, 말을 끊었다가 다시금 말을 이어,

"옳지, 누가 나에게 술을 권했단 말이요? 내가 술이 먹고 싶어서 먹었단 말이요?"

"자시고 싶어 잡수신 건 아니지요. 누가 당신께 약주를 권하는지 내가 알아낼까요? 저…… 첫째는 화증이 술을 권하고 둘째는 하이칼라가 약주를 권하지요."

아내는 살짝 웃는다. 내가 어지간히 알아맞췄지요 하는 모양이었다.

남편은 고소(苦笑)한다.

"틀렸소, 잘못 알았소. 화증이 술을 권하는 것도 아니고, 하이칼라가 술을 권하는 것도 아니요. 나에게 술을 권하는 것은 따로 있어. 마누라가, 내가 어떤 하이칼라한테나 홀려 다니거나, 그 하이칼라가 늘 내게 술을 권하거니 하고 근심을 했으면 그것은 헛걱정이지. 나에게 하이칼라는 아무 소용도 없소. 나의 소용은 술뿐이요. 술이 창자를 휘돌아, 이것저것을 잊게 맨드는 것을 나는 취(取)할 뿐이요."

하더니, 홀연 어조(語調)를 고쳐 감개무량하게,

"아아, 유위유망(有爲有望)한 머리를 알코올로 마비 아니시

킬 수 없게 하는 그것이 무엇이란 말이요." 하고, 긴 한숨을 내어 쉰다. 물큰물큰한 술 냄새가 방 안에 흩어진다.

아내에게는 그 말이 너무 어려웠다. 고만 묵묵히 입을 다물었다. 눈에 보이지 않는 무슨 벽이 자기와 남편 사이에 깔리는 듯하였다. 남편의 말이 길어질 때마다 아내는 이런 쓰디쓴 경험을 맛보았다. 이런 일은 한두 번이 아니었다. 이윽고 남편은 기막힌 듯이 웃는다.

"흥 또 못 알아듣는군. 묻는 내가 그르지, 마누라야 그런 말을 알 수 있겠소. 내가 설명해 드리지. 자세히 들어요. 내게 술을 권하는 것은 화중도 아니고 하이칼라도 아니요, 이 사회란 것이 내게 술을 권한다오. 이 조선 사회란 것이 내게 술을 권한다오. 알았소? 팔자가 좋아서 조선에 태어났지, 딴 나라에 났더면 술이나 얻어먹을 수 있나……."

사회란 무엇인가? 아내는 또 알 수가 없었다. 어찌하였든 딴 나라에는 없고 조선에만 있는 요릿집 이름이어니 한다.

"조선에 있어도 아니 다니면 그만이지요."

남편은 또 아까 웃음을 재우친다. 술이 정말 아니 취한 것같

이 또렷또렷한 어조로,

　"허허, 기막혀. 그 한 분자(分子)된 이상에야 다니고 아니 다니는 게 무슨 상관이야. 집에 있으면 아니 권하고, 밖에 나가야 권하는 줄 아는가 보아. 그런게 아니야. 무슨 사회란 사람이 있어서 밖에만 나가면 나를 꼭 붙들고 술을 권하는 게 아니야…… 무어라 할까…… 저 우리 조선 사람으로 성립된 이 사회란 것이, 내게 술을 아니 못 먹게 한단 말이요.…… 어째 그렇소?…… 또 내가 설명을 해 드리지. 여기 회를 하나 꾸민다 합시다. 거기 모이는 사람 놈 치고 처음은 민족을 위하느니, 사회를 위하느니 그러는데, 제 목숨을 바쳐도 아깝지 않으니 아니하는 놈이 하나도 없어. 하다가 단 이틀이 못되어 단 이틀이 못되어……"

　한층 소리를 높이며 손가락을 하나씩 둘씩 꼽으며,

　"되지 못한 명예싸움, 쓸데없는 지위 다툼질, 내가 옳으니 네가 그르니, 내 권리가 많으니 네 권리 적으니…… 밤낮으로 서로 찢고 뜯고 하지, 그러니 무슨 일이 되겠소. 회(會)뿐이 아니라, 회사이고 조합이고…… 우리 조선 놈들이 조직한 사회는 다 그 조각이지. 이런 사회에서 무슨 일을 한단 말이요. 하

려는 놈이 어리석은 놈이야. 적이 정신이 바루 박힌 놈은 피를 토하고 죽을 수밖에 없지. 그렇지 않으면 술밖에 먹을 게 도무지 없지. 나도 전자에는 무엇을 좀 해 보겠다고 애도 써 보았어. 그것이 모다 수포야. 내가 어리석은 놈이었지. 내가 술을 먹고 싶어 먹는 게 아니야. 요사이는 좀 낫지마는 처음 배울 때에는 마누라도 아다시피 죽을 애를 썼지. 그 먹고 난 뒤에 괴로운 것이야 겪어 본 사람이 아니면 알 수 없지. 머리가 지끈지끈 아프고 먹은 것이 다 돌아 올라오고…… 그래도 아니 먹은 것보담 나았어. 몸은 괴로와도 마음은 괴롭지 않았으니까. 그저 이 사회에서 할 것은 주정꾼 노릇밖에 없어……."

"공연히 그런 말 말아요. 무슨 노릇을 못해서 주정꾼 노릇을 해요! 남이라서……."

아내는 부지불식간(不知不識間)에 흥분이 되어 열기(熱氣) 있는 눈으로 남편을 바라보고 불쑥 이런 말을 하였다. 그는 제 남편이 이 세상에 가장 거룩한 사람이어니 한다. 따라서 어느 뉘보다 제일 잘 될 줄 믿는다. 몽롱하나마 그의 목적이 원대하고 고상한 것도 알았다. 얌전하던 그가 술을 먹게 된 것은 무슨 일이 맘대로 아니 되어 화풀이로 그러는 줄도 어렴풋이 깨

달았다. 그러나 술은 노상 먹을 것이 아니다. 그러면 패가망신하고 만다. 그러므로 하루 바삐 그 화가 풀리었으면, 또다시 얌전하게 되었으면 하는 생각이 그의 머리를 떠날 때가 없었다. 그리고 그날이 꼭 올 줄 믿었다. 오늘부터는, 내일부터는…… 하건만, 남편은 어제도 술이 취하였다. 오늘도 한 모양이다. 자기의 기대는 나날이 틀려간다. 좇아서 기대에 대한 자신도 엷어간다. 애고 원(寃)한 생각이 가끔 그의 가슴을 누른다. 더구나 수척해 가는 남편의 얼굴을 볼 때에 그런 감정을 건잡을 수 없었다. 지금 저도 모르게 흥분한 것이 또한 무리가 아니었다.

"그래도 못 알아듣네 그려. 참, 사람 기막혀. 본 정신 가지고는 피를 토하고 죽든지, 물에 빠져 죽든지 하지, 하루라도 살 수가 없단 말이야. 흉장(胸腸)이 막혀서 못 산단 말이야. 에엣, 가슴 답답해."라고 남편은 소리를 지르고 괴로와서 못 견디는 것처럼 얼굴을 찌푸리며 미친 듯이 제 가슴을 쥐어뜯는다.

"술 아니 먹는다고 흉장이 막혀요?"

남편의 하는 짓은 본체만체하고 아내는 얼굴을 더욱 붉히며

부르짖었다. 그 말에 몹시 놀란 것처럼 남편은 어이없이 아내의 얼굴을 바라보더니 그 다음 순간에는 말할 수 없는 고뇌(苦惱)의 그림자가 그의 눈을 거쳐 간다.

"그르지, 내가 그르지. 너 같은 숙맥(菽麥)더러 그런 말을 하는 내가 그르지. 너한테 조금이라도 위로를 얻으려는 내가 그르지. 후후."

스스로 탄식한다.

"아아 답답해!"

문득 기막힌 듯이 외마디 소리를 치고는 벌떡 몸을 일으킨다. 방문을 열고 나가려 한다. 왜 내가 그런 말을 하였던고? 아내는 불시에 후회하였다. 남편의 저고리 뒷자락을 잡으며 안타까운 소리로,

"왜 어디로 가셔요. 이 밤중에 어디를 나가셔요. 내가 잘못하였습니다. 인제는 다시 그런 말을 아니 하겠습니다. ……그러게 내일 아침에 말을 하자니까……"

"듣기 싫어, 놓아 놓아요." 하고 남편은 아내를 떠다 밀치고 밖으로 나간다. 비틀비틀 마루 끝까지 가서는 털썩 주저앉아 구두를 신기 시작한다.

“에그, 왜 이리 하셔요. 인제 다시 그런 말을 아니 한대
도……”

아내는 뒤에서 구두 신으려는 남편의 팔을 잡으며 말을 하
였다. 그의 손을 떨고 있었다. 그의 눈에는 담박에 눈물이 쏟
아질 듯하였다.

“이건 왜 이래, 저리고 가!”

배앝는 듯이 말을 하고 획 뿌리친다. 남편의 발길이 뚜벅뚜
벅 중문에 다다랐다. 어느덧 그 밖으로 사라졌다. 대문 빗장소
리가 덜컥 하고 난다. 마루 끝에 떨어진 아내는 헛되어 몇 번,

“할멈! 할멈!” 하고 불렀다.

고요한 밤공기를 울리는 구두소리는 점점 멀어간다. 발자취
는 어느덧 골목 끝으로 사라져 버렸다. 다시금 밤은 적적히 깊
어간다.

“가버렸구먼, 가버렸어!”

그 구두소리를 영구히 아니 잃으려는 것처럼 귀를 기울이고
있는 아내는 모든 것을 잃었다 하는 듯이 부르짖었다. 그 소리
가 사라짐과 함께 자기의 마음도 사라지고, 정신도 사라진 듯
하였다. 심신(心身)이 텅 비어진 듯하였다. 그의 눈은 하염없

이 검은 밤안개를 물끄러미 바라보고 있다. 그 사회란 독(毒)한 꼴을 그려보는 것같이.

쏠쏠한 새벽바람이 싸늘하게 가슴에 부딪친다. 그 부딪치는 서슬에 잠 못 자고 피곤한 몸이 부서질 듯이 지긋하였다.

죽은 사람에게서나 볼 수 있는 해쓱한 얼굴이 경련적으로 떨며 절망한 어조로 소근거렸다.

"그 몹쓸 사회가, 왜 술을 권하는고!"

할머니의 죽음

'조모주 병환 위독.'

삼월 그믐날, 나는 이런 전보를 받았다. 이는 ××에 있는 생가에서 놓은 것이니 물론 생가 할머니의 병환이 위독하단 말이다. 병환이 위독은 하다 해도 기실 모나게 무슨 병이 있는 게 아니라, 벌써 여든을 둘이나 넘은 그 할머니는 작년 봄부터 시름시름 기운이 쇠진해서 가끔 가물가물하기 때문에 그동안 자손들로 하여금 한두 번 바쁜 걸음을 아니 치게 하였다.

그 할머니의 오 년 맏이인 양조모는 갑자기 울기 시작하였다.

"아이고…… 이승에서는 다시 못 보겠다. 동세라도 의로 말하면 친형제나 다름이 없었다…… 육십 년을 하로같이 어데 뜻 한번 거슬려 보았을까……."

연해연방 이런 넋두리를 섞어가며 양조모는 울었다. 운다 하여도 눈 가장자리가 붉어지고 목소리가 떨릴 뿐이었다. 워낙 연만한 그는 제법 울음답게 울 근력조차 없었다.

"그래도 그 할머님은 팔자가 좋으시다. 자손이 늘은 듯하고…… 아이고."

끝으로 이런 말을 하며 울음이 한숨으로 변하였다. 자기가

너무 수(壽)한 까닭으로 외동자들을 앞세워, 원(寃)이 되고 한이 되어, 노상 자기의 생을 저주하는 그는 아들이 둘(본래 셋이더니 그중에 중부(仲父)가 일찍이 돌아갔다), 직손자가 여덟이나 되는 그 할머니를 언제든지 부러워하였다.

"지금 돌아가시면 호상(好喪)이지. 아드님의 백발이 허연데."

라고, 양모도 맞방망이를 치며 눈을 멍하게 뜬다. 나도 과연 그렇기도 하겠다 싶었다.

나는 그날 밤차로 ××를 향하고 떠났다.

새로 석 점이 지나 기차를 내린 나는 벌써 돌아가시지나 않았나고, 염려를 마지않으며, 캄캄한 좁은 골목을 돌아들어 생가의 삽작(柴扉) 가까이 다다를 제, 곡성이 나는 듯 나는 듯하여 마음이 조마조마하였다. 하건만 다행히 그 불길한 소리는 들리지 않았다. 삽작은 빠끔히 열려 있었다.

마당에 들어서니 추녀 끝에 달린 그름 앉은 쾌등이 간 반밖에 아니 되는 마루와 좁직한 뜰을 쓸쓸하게 비쳐 있었다. 우물뚝과 장독간의 사이에, 위는 거적으로 덮고 양 가는 삿자리로 두른 울막을 보고, 나는 가슴이 덜컥하고 내려앉았다. ― 상청

(喪廳)이 아닌가?……

그러나 나의 어림짐작은 틀리었다. 마루에 올라선 내가 안방, 아랫방에서 뛰어나온 잠 못 잔 피로한 얼굴들에게 이끌리어, 할머니의 거처하는 단칸 건넌방으로 들어가니, 할머니는 깔아진 듯이 아랫목에 누웠으되 오히려 숨은 붙어 있었다. 그 앞에 앉는 나를 생선의 그것 같은 흐릿한 눈자위로 의아롭게 바라본다.

"얘가 누구입니까? 어머니, 얘가 누구입니까?"

예안 이씨(禮安李氏)로 예절 알기와 효성 있기로 집안 중에 유명한 중모(仲母)는 나를 가리키며 병자의 귀에 대고 부르짖었다.

"몰라…….."

환자는 담이 그르렁그르렁하면서 귀찮은 듯이 대꾸하였다.

"제가 누구입니까? 할머니!"

나는 그 검버섯이 어룽어룽한 뼈만 남은 손을 만지며 물어보았다. 나의 소리는 떨리었다.

"저를 모르시겠습니까? 제가 ○○이 아닙니까?"

"응, 네가 ○○이냐……."

우는 듯이 이런 말을 하고, 그윽하나마 내가 잡은 손에 힘을 주는 듯하였다. 그 개개풀린 눈동자 가운데도 반기는 빛이 역력히 움직였다.

할머니의 병환이 어젯밤에는 매우 위중해서 모두 밤새움을 한 일, 누구누구 자손을 찾던 일, 그중에 내 이름도 부르던 일, 지금은 팔결 돌린 일……, 온갖 것을 중모는 나에게 알으켜 주었다.

나는 그날 밤을 누울락 앉으락 깰락 졸락 할머니 곁에서 밝히었다. 모였던 자손들이 제각기 돌아간 뒤에도 중모만은 할머니 곁을 떠나지 않았다. 불교의 독신자인 그는 잠 오는 눈을 비비기도 하고 기침으로 목청을 가다듬기도 하면서 밤새도록 염불을 그치지 않았다. 그 소리는 적적한 새벽녘에 해가(薤歌)와 같이 처량히 들리었다. 나는 새삼스럽게 그 효심의 지극함과 그 정성의 놀라움에 탄복하였다.

아침저녁으로 각지에 흩어져 있는 자손들이 모여들기 시작하였다. 방이라야 단지 셋밖에 없는데, 안방은 어머니, 형수들이 점령하고, 뜰 아랫방 하나 있는 것은 아버지, 삼촌, 당숙들

에게 빼앗긴 우리 젊은이 패 — 사육촌 형제들은 밤이 되어도 단 한 시간을 눈 붙일 곳이 없었다. 이웃집과 누누이 교섭한 끝에 방 한 칸을 빌려서 번차례로 조금씩 쉬기로 하였다. 이 짧은 휴식이나마 곰부임부 교란되었나니 그것은 삼 분 들이로 집에서 불러들이는 까닭이다. 아버지와 삼촌네들의 큰 심부름, 잔심부름도 적지 않았지만 할머니 곁에 혼자 앉은 중모의 꾸준한 명령일 때가 많았다. 더욱이 밤새 한 시에나 두 시에나 간신히 잠을 들어 꿀보담 더 단잠이 왼 몸에 나른하게 퍼진 새벽녘에, 우리는 끄들리어 일어나는 수밖에 없었다.

"할머님 병환이 이렇듯 위중하신데 너희는 태평 치고 잠을 잔단 말이냐?"

우리가 건넌방에 들어서면 그는 다짜고짜로 야단을 쳤다. 그중에도 가장 나이 어리고 만만한 내가 이 꾸중받이가 되었다. 인정사정없는 그의 태도가 불쾌는 하였지만 도덕적 우월을 아는 우리는 대꾸 한마디 할 수 없었다.

"다들 뭐란 말이냐. 나는 한 달이나 밤을 새웠다. 며칠들이나 된다고."

졸음 오는 눈을 비비는 우리를 보고 그는 자랑스럽게 또 이

런 꾸중도 하였다.

'놀라운 효성을 부리는 게 도모지 우리 야단 칠 밑천을 장만하는 게로구나.'

나는 속으로 꿀꺽꿀꺽하며 이런 생각을 하였다.

한 번은 또 그의 명령으로 우리는 건넌방에 모여들었다. 그 방문은 열어젖히었는데 문지방 위에 할머니의 지팽이가 놓이고 그 밑에 또 신으시던 신이 놓여 있었다. 방 안 할머니의 머리맡 벽에는 다라니(陀羅尼)가 걸리었다.

"할머니가 운명을 하시나 부다!"

우리는 번개같이 이런 생각을 하며 할머니 곁으로 다가들었다. 그는 담을 그르렁거리며 혼혼(昏昏)히 누워 있었다. 중모는 흐르는 눈물을 걷잡지 못하며, 그의 귀에 들이대고 울음소리로 아미타불과 지장보살을 구슬프게 부르짖고 있었다.

한동안 엄숙한 긴장이 여기 있었다. 모두 같은 일을 기대하면서.

십 분! 이십 분! 환자의 신상에는 아모 별증이 나타나지 않았다.

"아마, 잠이 드신 모양입니다."

이윽고 아버지가 이 긴장한 침묵을 깨뜨렸다. 그리고 중모를 향하여,

"잠 주무시게스리 염불을 고만 외십시오."

하고 나가버렸다. 그 뒤를 따라 빽빽하게 들어섰던 자손들이 하나씩 둘씩 헤어졌다.

그래도 눈물을 섞어가며 염불을 마지않던 중모가 얼마 뒤에 제물에 부처님 찾기를 그치었다. 그리고 끝끝내 남아 있던 나에게, 할머니가 중모가 왔다고 하던 일, 자기를 다리러 교군이 왔다던 일, 중모의 손을 잡아 비틀며 어서 가자고 야단을 치던 일을 이야기하였다. 그러다가 숨구녕에서 무엇이 꿀꺽하더니 고만 저렇게 정신을 잃으신 것을 설명해 듣기었다.

그 날 저녁때에 할머니는 여상히 깨어났었다. 이런 일이 한두 번이 아니었다. 몇 번이나 신과 지팡이가 놓였다 치웠다, 다라니가 벽에 걸리었다 떼였다 하였다. 그러는 동안에 자손의 얼굴은 자꾸 자꾸 축이 나갔었다. 말하기는 안되었지만 모두 불언 중에 할머니의 하루바삐 끝장 나기를 기다리고 있었다. 관조차 맞추어서 칠까지 먹여놓았다. 내가 처음 오던 날 상청이 아닌가고 놀래던 그 울막도 이 관을 놓아두려는 의지

간이었다.

　그러하건만 할머니는 연해 한 모양으로 그물그물하다가 또 정신을 차리었다. 아니, 정신이 돌아오는 때가 도리어 많아 간다. 자기 앞에 들어서는 자손들을, 거의 틀림없이 알아맞히었다.

　그리고 가끔 몸부림을 치면서 일으켜 달라고 야단을 쳤다. 이럴 때에 중모는 기벽스럽게도 염불을 모시었다.

　"어머니 어머니, 가만히 계셔요, 가만히 계셔요."

　그는 몸부림하는 할머니를 제지하면서 이렇게 타일렀다.

　"저를 따라 염불을 외서요. 나무아미타불, 나무아비타불."

　"나 일어날란다."

　"에그, 왜 그러셔요? 가만히 계셔요, 제발 덕분에. 나무아미타불, 나무아미타불……."

　"나무아미타불, 나무아미타불."

　할머니는 마지못하여 중모를 따라 두어 번 입술을 달싹달싹하더니, 또 얼굴을 찡그리며 애원하는 어조로,

　"인제 고만 뫼시고 날 좀 일으켜다고. 내 인제 고만 가련다."

"인제 가셔요! 가만히 누워 가시지요. 왜 일어나시긴. 나무아미타불…… 왕생극락…… 나무아미타불…….”

할머니는 귀찮아 못 견디겠다는 듯이 팔을 내어저으며,

"듣기 싫다! 염불 소리 듣기 싫다! 인제 고만 해라.”

하며 몸을 일으키려고 애를 쓴다.

"그게 무슨 말씀입니까?”

중모는 질색을 하며 더욱 비장하게 부처님을 찾았다.

"듣기 싫다! 듣기 싫어. 나는 고만 갈 테야.”

할머니는 또 이렇게 재우쳤다.

나는 이 광경을 보고 적이 의외의 감이 있었다 ─ 할머니는 중모보담 못하잖은 불교의 독신자이다. 몇십 년을 하루같이 새벽마다 만수향을 켜놓고, 염불 모시기를 잊지 않은 어른이다. 정신이 혼혼된 뒤에도 염주 담은 상자와 만수향만은 일일이 아랑곳하던 어른이다.

"……하로도 만수향을 세 갑 네 갑 켜시겠지. 금방 사다 드리면 세 개씩 네 개씩 당장 다 켜버리시고 또 안 사온다고 꾸중이시구나…….”

작년 가을, 내가 귀성하였을 제, 계모가 웃으며, 할머니의

노망 이야기를 하는 가운데 만수향 켜는 것을 그 하나로 헤아렸다.

그리하던 할머니가 왜 지금 와서 염불을 듣기 싫다는가? 그다지 할머니는 일어나고 싶으신가? 죽어가면서도 일어나려는 이 본능 앞에는 모든 것이 권위를 잃는 것인가?

"저렇게 일어나시려니 좀 일으켜 드리지요."

나는 보다 못해 이런 말을 하였다.

"안 된다, 일으켜드릴 수가 없다. 하도 저러시길래 한 번 일으켜 드렸더니 어떻게 아파하시는지 차마 뵈올 수가 없었다."

"어째 그래요?"

나는 이렇게 반문하였다. 이 반문에 대한 중모의 설명은 더욱 놀랠 것이었다.

할머니가 작년 봄부터 맑은 정신을 잃은 결과에 늙은이가 어린애 된다고 뒤를 가리지 않게 되었다. 게다가 이 두어 달 전부터 무엇을 자꾸 청해 잡수시고 옷에고 욧바닥에 함부로 뒤를 보았다. 그것을 얼른 빨아드리지 못한 때문에 제물에 뭉켜지고 말라붙은 데다가 뜨거운 불목에 데이어, 궁둥이 언저리가 모두 벗겨졌다. 그러므로 일어나려면 그곳이 땅기고 배

기어 아파하는 것이라 한다.

이 말을 들은 나는 할머니를 모로 누이고 그 상처를 보았다. 그 자리는 손바닥 넓이만치나 빨갛게 단 쇠로 지진 듯이 시커멓게 벗겨졌는데 그 위에는 하얀 해가 징그럽게 끼었고 그 가장자리는 독기를 품고 아른아른히 부르터 올라 있다. 나는 차마 더 볼 수가 없었다!

이것이 무슨 일인가! 양조모, 양모가 부러워하던 늘은 듯한 자손은 다 무엇을 하고 우리 할머니를 이 지경이 되게 하였는가? 왜 자주 옷을 갈아 입혀드리며 빨아드리지 못하였는가? 나는 이 직접 책임인 계모가 더할 수 없이 괘씸하였다.

그러나 가만히 생각해보면 그를 그르다고도 할 수 없다. 위에도 말하였거니와 할머니가 이리 된 지는 하루이틀이 아니다. 벌써 몇 달이 되었다. 이긴 시일에 제 아모리 효부라 한들 하루도 몇 번을 흘리는 뒤를 그때 족족 빨아낼 수 없으리라. 더구나 밤에 그런 것이야 일일이 알 수도 없으리라. 하물며 계모는 시집 오던 첫날밤부터 골머리를 앓으리만큼 큰 병객이다. 병명은 의원을 따라 혹은 변두머리라고도 하고, 혹은 뇌진이라고도 하고, 혹은 선천부족(先天不足)이라고도 하였지마는

하나도 고쳐주지는 못하였다.

삼십이 될락 말락 하건만 육십이나 칠십이 다 된 노인 모양으로 주야장천 자리 보전하고 누워있는 터이다. 제 몸이 괴로우니 모든 것이 싫은 것이다. 그리고 나까지 아우르면 아버지 슬하에 아들만 넷이나 되건마는 지금 육십 노경에 받드는 어느 아들 어느 며느리 하나 없다. 집안이 넉넉지 못한 탓으로, 사방에 흩어져서 제 입 풀칠하기에 눈코를 못 뜨는 까닭이다.

이 책임을 누구에게 돌릴까? 나는 알 수가 없었다. 쓴 물만 입안에 돌 뿐이었다.

그 후에 또 이런 일이 있었다. 어느 때 내가 할머니 곁에 갔을 적이었다. 할머니는 그 뼈만 남은 손으로 나의 손을 만지고 있었다.

"○○아, ○○아!"

할머니는 문득 나를 불렀다.

"인제는 다시 못 보겠다, 인제는 다시 못 보겠다."

"왜 그런 말씀을 하십니까?"

"인제 내가 안 죽니? 그런데 너 내 청 하나 들어주겠니?"

“네? 무슨 말씀입니까?”

“나, 날 좀 일으켜다고.”

나는 눈물이 날 듯이 감동하였다. 어찌 차마 이 청을 떼칠 건가. 나는 다짜고짜로 두 손을 할머니 어깨 밑으로 넣으려 하였다. 이것을 본 중모는 깜짝 놀라며 나를 말리었다.

“애, 네가 왜 또 그러니? 일으켜 드리면 아파하신대도 그 애가 그러네.”

“그 때 약을 사다 드렸으니 그 자리가 인제는 아물었겠지요.”

나는 데었단 말을 듣는 그 날, 약 사다드린 것을 생각하고 이런 말을 하였다.

“아니야, 아직 다 낫지 않았어. 오늘 아침에도 일으켜 드렸더니 몹시 아파하시더라.”

나는 주춤하였다. 할머니의 앓는 것이 애처로웠음이다.

“어머니! 어머니! 가만히 누워 계셔요. 네? 일어나시면 아프십니다.”

중모는 또 잔상히 타이르듯 말하였다. 할머니는 물끄러미 나와 중모를 번갈아 보시더니 단념한 듯이 눈을 감았다. 한참

앉아 있다가 나는 몸을 일으켰다. 이때에 할머니가 눈을 번쩍 뜨며 문득,

"어데를 가?"

라고 물었다. 나는 주춤 발길을 멈추었다.

할머니는 퀭한 눈으로 이윽히 나를 쳐다보더니 무엇을 잡을 듯이 손을 내어 저으며 우는 듯한 소리로,

"서방님! 제발 나를 좀 일으켜 주십시오. 서방님! 제발 나를 좀 일으켜 주십시오."

라고 부르짖었다.

"에그머니! 그게 무슨 말씀입니까? 그 애가 ○○이 아닙니까? 서방님이 무엇이야요?"

중모는 바싹 할머니에게 다가들며 애처롭게 알으켜 드렸다. 이때 마침 할머니의 잡수실 배(梨)즙을 가지고 들어오던 둘째 형수가 무슨 구경거리나 생긴 듯이 안방을 향하고 외쳤다.

"에그 할머니 좀 보아요. 서울 아지버님더러 서방님! 서방님! 하십니다."

이 외침을 듣고 자부와 손부들은 모여들었다. 그들의 눈은

호기심에 번쩍이고 있었다.

나는 또 할머니의 청을 물리칠 수는 없었다. 그것이 어떠한 나쁜 영향을 초치(招致)할지라도 아니 일으켜드릴 수가 없었다.

그러나 할머니는 욧바닥 위로 반 자를 떠나지 못하여,

"아야야……."

라고 외마디소리를 쳤다. 나는 얼른 들어올리던 손을 빼는 수밖에 없었다.

다시금 눕기 싫어하던 요 위에 누운 뒤에도 할머니는 앓기를 마지않았다. 나는 적지 아니한 꾸중을 모시었다.

이윽고 조금 진정이 되더니만 또 팔을 내저으며 기를 쓰고 가슴을 덮은 이불자락을 자꾸자꾸 밀어 내리었다. 감기나 들까 염려하는 중모는 그것을 꾸준히 도루 집어 올리었다.

할머니는 또 손을 내어밀더니 이번에는 내 조끼 단추를 붙잡아 다리었다.

"왜 이리 하십니까? 단추를 빼란 말씀입니까?"

할머니는 고개를 끄덕이었다. 끄덕였다 하여도 끄덕이려는 의사를 보였을 뿐이었다. 나는 단추 한 개를 뺐다. 그래도 할

머니는 자꾸 조끼의 단추와 씨름을 마지아니하였다. 나는 단추를 낱낱이 빼는 수밖에 없었다. 그러고 나니 그는 또 옷고름과 실랑이를 시작하였다.

"옷고름을 끄를까요?"

"응."

나는 또 옷고름을 끌렀다. 끄른 뒤엔 할머니는 또 소매를 잡아다리었다.

"왜 이리 하셔요?"

"버 벗어라……. 답답지 않니?"

여기저기서 물어 멈추려고 애쓰는 웃음이 키키 하였다.

나는 경멸과 모욕의 시선을 그들에게 던지었다. 자기가 얼마나 답답하고 갑갑하기에 나의 단추 끼운 것과 옷고름 맨 것과 저고리 입은 것조차 답답해 보일 것이랴! 여기는 쓰디쓴 눈물과 살을 저미는 슬픔이 있어야 하겠거늘 이 기막힌 광경을 조소로 맞아야 옳을까?

나는 곧 그들에게 침이라도 배알고 싶었다. 하되 나의 마음을 냉정하게 살펴본즉 슬프다! 나에게는 그들을 모욕할 권리가 없었다. 형수들 앞에서 앞가슴을 풀어 젖히려는 할머니가

민망스럽기도 하고 딱하기도 하였다. 환자를 가엾다 생각하면서도 나의 속 어데인지 웃음이 움직인 것은 부정할 수 없는 사실이었다. 더구나 내가 젊은이 패가 모인 이웃집 방에 들어갔을 때 무슨 자미스러운 일이나 보고 온 사람 모양으로 득의양양히 이 이야기를 하고서 허리를 분질렀다…….

거기에서는 할머니의 병세에 대하여 의론이 분분하였다. 그들은 하나도 한가한 이가 없었다. 혹은 변호사, 혹은 은행원, 혹은 회사원으로 다 무한년하고 있을 수 없는 형편이었다.

"나는 암만해도 내일은 좀 가보아야 되겠는데…… 나는 그 전보를 보고 벌써 돌아가신 줄 알았어. 올 때에 친구들이 북포(北布)니 뭐니 부의(賻儀)를 주길래, 아직 돌아가시지도 않았는데 이게 웬일이냐 하니까, 그 사람들 말이 돌아가셔도 자손들에겐 그렇게 전보를 놓느니, 하데그려. 그래 모두 받아왔는데…… 허허허…….'"

그중에 제일 연장자로, 쾌활하고 말 잘하는 백형은 웃음 섞어 이런 말을 하고 있었다.

"……암만해도 오늘내일 돌아가실 것 같지는 않은데……

이거 큰일 났는걸. 가는 수도 없고……."

"딴은 곧 돌아가실 것 같지는 않아……."

은행원으로 있는 육촌은 이렇게 맞방망이를 쳤다.

"의사를 불러서 진단을 해보는 것이 어떨까요?"

부산 방직회사에 다니는 사촌이 이런 제의를 하였다.

"옳지. 참 그래보아야 되겠군."

아버지께 이 사연을 아뢰었다.

"시방 그물그물하시지 않나? 그러면 하여간 의원을 좀 불러 올까?"

의원은 아버지와 절친한 김 주부를 청해 오기로 하였다.

갓을 쓴 그 의원은 얼마 아니 되어 미륵 같은 몸뚱아리를 환자 방에 나타내었다. 매우 정신을 모으는 듯이 눈을 내리 감고 한나절이나 집맥을 하더니 고개를 절레절레 흔들며 물러앉는다.

"매우 말씀하기 안되었소마는 아마 오늘 밤 아니면 내일은 못 넘길 것 같소."

매우 말하기 어려운 듯이, 기실 조금도 말하기 어렵지 않는 듯이 그 의원은 최후의 판결을 언도하였다.

"글쎄 그래. 워낙 노쇠하셔서 오래 부지를 하실 수 없지……."

그러면 그렇지 하는 얼굴로 아버지는 맞방망이를 쳤다.

가려던 자손은 또 붙잡히었다. 그러나 할머니는 그날 저녁부터 한결 돌리었다. 가끔 잡수실 것을 찾기도 하였다. 잡숫는 건 쭉하여야 배즙, 국물에만 한 술도 안 되는 진지였다. ─ 죽과 미음은 입에 대기도 싫어하였다. 그리고 전일에 발라드린 양약이 효험이 나서 상처가 아물었던지 자부와 손부에게 부축되어 꽤 오래 일어나 앉아 있게도 되었다.

그 이튿날이 무사히 지나가자 한의의 무지를 비소하고, 다른 것은 몰라도 환자의 수명이 어느 때까지 계속될 시간 아는 데 들어서는 양의가 나으리란 우리 젊은 패의 주장에 의하여 ○○의원 원장으로 있는 천엽(千葉) 의학사(醫學士)를 불러 오게 되었다.

그는 진찰한 결과에 다른 증세만 겹치지 않으면 이삼 주일은 무려(無慮)하리라 하였다.

"그래, 그저 그럴 거야. 아직 괜찮으신데 백주에 서둘고 야단을 하였지."

하고 일이 바쁜 백형은 그날 밤으로 떠나갔다.

그 이튿날 아침이었다.

우리가 집에 돌아오니까 할머니 곁을 떠난 적 없던 중모가 마당에서 한가롭게 할머니의 뒤 흘린 바지를 빨고 있다가 웃는 낯으로 우리를 맞으며,

“할머님이 오늘 아침에는 혼자 일어나셨다. 시방 진지를 잡수시고 계시다. 어서 들어가 보아라.”

나는 뛰어 들어갔다. 자부와 손부의 신기해 여기는 시선을 받으면서 할머니는 정말 진지를 잡숫고 있었다.

나는 빙글빙글 웃으며,

“할머니, 어떻게 일어나셨습니까?”

할머니는 합죽한 입을 오물오물하여, 막 떠 넣은 밥 알맹이를 삼키고,

“내가 혼자 일어났지, 어떻게 일어나긴. 흉악한 놈들! 암만 일으켜 달라니 어데 일으켜 주어야지. 인제 나 혼자라도 일어난다.”

하며 자랑스럽게 대답하였다.

“어제 의원이 왔지요. 인제 할머니가 곧 나으신대요.”

“정말 낫겠다고 하던? 응?”

하고, 검버섯 핀 주름을 밀며, 흔연한 웃음의 그림자가 오래간만에 그의 볼을 스치었다.

나의 눈엔 어쩐지 눈물이 핑 돌았다.

그날 밤차로 모였던 자손들은 제각기 흩어졌다. 나도 그날 밤에 서울로 올라왔다.

어느 아름다운 봄날이었다. — 말갛게 개인 하늘은 구름 한 점도 없고 아른아른한 아지랑이가 그 하늘거리는 깁 올로 봄비단을 짜내는 어느 아름다운 봄날이었다. 나는 깨끗하게 춘복을 차리고 친구 몇몇과 우이동 앵화(櫻花) 구경을 막 나가려던 때이었다. 이때에 뜻 아니한 전보 한 장이 닥치었다.

‘오전 삼 시 조모주 별세.’

B사감과 러브레터

C 여학교에서 교원 겸 기숙사 사감 노릇을 하는 B여사라면 딱장대요 독신주의자요, 찰진 야소꾼으로 유명하다. 사십에 가까운 노처녀인 그는 주근깨투성이 얼굴이, 처녀다운 맛이란 약에 쓰려도 찾을 수 없을 뿐인가, 시들고 거칠고 마르고 누렇게 뜬 품이 곰팡 슬은 굴비를 생각나게 한다.

여러 겹 주름이 잡힌 훨렁 벗겨진 이마라든지 숱이 적어서 법대로 쪽 찌거나 틀어 올리지를 못하고 엉성하게 그냥 빗겨 넘긴 머리, 꼬리가 뒤통수에 염소 똥만하게 붙은 것이라든지, 벌써 늙어가는 자취를 감출 길이 없었다. 뾰족한 입을 앙다물고 돋보기 너머로 쌀쌀한 눈이 노릴 때엔 기숙생들이 오싹하고 몸서리를 치리만큼 그는 엄격하고 매서웠다.

이 B여사가 질겁을 하다시피 싫어하고 미워하는 것은 소위 '러브 레터'였다. 여학교 기숙사라면 의례히 그런 편지가 많이 오는 것이지만 학교로도 유명하고 또 아름다운 여학생이 많은 탓인지 모르되 하루에도 몇 장씩 죽느니 사느니 하는 사랑 타령이 날아들어 왔었다. 기숙생에게 오는 사신을 일일이 검사하는 터이니까 그 따위 편지도 물론 B여사의 손에 떨어진다. 달착지근한 사연을 보는 족족 그는 더할 수 없이 흥분되어서

얼굴이 붉으락푸르락 편지든 손이 발발 떨리도록 성을 낸다.

아무 까닭 없이 그런 편지를 받은 학생이야말로 큰 재변이었다. 하학하기가 무서웁게 그 학생은 사감실로 불리어간다. 분해서 못 견디겠다는 사람 모양으로 쌔근쌔근하며 방 안을 왔다 갔다 하던 그는, 들어오는 학생을 잡아먹을 듯이 노리면서 한 걸음 두 걸음 코가 맞닿을 만큼 바싹 다가들어서 딱 마주선다. 웬 영문인지 알지 못하면서도 선생의 기색을 살피고 겁부터 집어먹은 학생은 한동안 어쩔 줄 모르다가 간신히 모기만한 소리로,

"저를 부르셨어요?"

하고 묻는다.

"그래, 불렀다. 왜!"

팍 무는 듯이 한마디 하고 나서 매우 못마땅한 것처럼 교의를 우당퉁탕 당겨서 철썩 주저앉았다가 학생이 그저 서 있는 걸 보면,

"장승이냐? 왜 앉지를 못해!"

하고 또 소리를 빽 지르는 법이었다.

스승과 제자는 조그마한 책상 하나를 새에 두고 마주 앉는

다. 앉은 뒤에도,

"네 죄상을 네가 알지!"

하는 것처럼 아무 말 없이 눈살로 쏘기만 하다가 한참 만에야 그 편지를 끄집어내어 학생의 코앞에 동댕이를 치며,

"이건 누구한테 오는 거냐?"

하고 문초를 시작한다. 앞장에 제 이름이 쓰였는지라,

"저한테 온 것이야요."

하고 대답 않을 수 없다. 그러면 발신인이 누구인 것을 채쳐 묻는다.

그런 편지의 항용으로 발신인의 성명이 똑똑치 않기 때문에 주저주저하다가 자세히 알 수 없다고 내대일 양이면,

"너한테 오는 것을 네가 모른단 말이냐?"

고 불호령을 내린 뒤에 또 사연을 읽어보라 하여 무심한 학생이 나직나직하나마 꿀 같은 구절을 입술에 올리면 B여사의 역정은 더욱 심해져서 어느 놈의 소위인 것을 기어이 알려 한다. 기실 보도 듣도 못한 남성의 한 노릇이요 자기에게는 아무 죄도 없는 것을 변명변명하여도 곧이듣지를 않는다. 바른대로 아뢰어야 망정이지 그렇지 않으면 퇴학을 시킨다는 둥,

제 이름도 모르는 여자에게 편지할 리가 만무하다는 둥, 필연 행실이 부정한 일이 있었으리라는 둥, 하다못해 어디서 한번 만나기라도 하였을 테니 어찌해서 남자와 접촉을 하게 되었느냐는 둥.

자칫 잘못하여 학교에서 주최한 음악회나 '바자'에서 '혹' 보았는지 모른다고 졸리다 못해 주워댈 것 같으면 사내의 보는 눈이 어떻더냐, 표정이 어떻더냐, 무슨 말을 건네더냐, 미주알고주알 캐고 파며 얼르고 볶아서 넉넉히 십년감수는 시킨다.

두 시간이 넘도록 문초를 한 끝에는 사내란 믿지 못할 것, 우리 여성을 잡아먹으려는 마귀인 것, 연애가 자유이니 신성이니 하는 것도 모두 악마의 지어낸 소리인 것을 입에 침이 없이 열에 띠어서 한참 설법을 하다가 닦지도 않은 방바닥(침대를 쓰기 때문에 방이라 해도 마룻바닥이다.)에 그대로 무릎을 꿇고 기도를 올린다. 눈에 눈물까지 글썽거리면서 말끝마다 하느님 아버지를 찾아서 악마의 유혹에 떨어지려는 어린 양을 구해달라고 뒤삶고 곱삶는 법이었다.

그리고 둘째로 그의 싫어하는 것은 기숙생을 남자가 면회

하러 오는 일이었다. 무슨 핑계를 하는지 기어이 못 보게 하고 만다. 친부모, 친동기 간이라도 규칙이 어떠니 상학 중이니 무슨 핑계를 하든지 따돌려 보내기가 일쑤다.

이로 말미암아 학생이 동맹 휴학을 하였고 교장의 설유까지 들었건만 그래도 그 버릇은 고치려 들지 않았다.

이 B사감이 감독하는 그 기숙사에 금년 가을 들어서 괴상한 일이 생겼다. 아니 괴상한 일이 '생겼다'느니보담 '발각되었다'는 것이 마땅할는지 모르리라. 왜 그런고 하면 그 괴상한 일이 언제 '시작된' 것은 귀신밖에 모르니까.

그것은 다른 일이 아니라 밤이 깊어서 새로 한 점이 되고 두 점이 되어 모든 기숙생들이 달고 곤한 잠에 떨어졌을 제 난데없는 깔깔대는 웃음과 속살속살하는 말낱이 새어 흐르는 일이었다. 하룻밤이 아니고 이틀 밤이 아닌 다음에야, 그런 소리가 잠귀 밝은 기숙생의 귀에 들리기도 하였지만 자던 잠결이라, 뒷동산에 구르는 마른 잎의 노래로나, 달빛에 나래를 번뜩이며 울고 가는 기러기의 소리로나 흘려 들었다. 그렇지 않으면 도깨비의 장난이나 아닌가 하여 무시무시한 증이 들어서 동무를 깨웠다가 좀처럼 동무는 깨지 않고 제 생각이 너무도 어림

없고 어이없음을 깨달으면, 밤소리 멀리 들린다고 학교 이웃 집에서 이야기를 하거나 또는 딴 방에 자는 제 동무들의 잠꼬대로만 여겨서 스스로 안심하고 그대로 자버리기도 하였다.

그러나 이 수수께끼가 풀릴 때는 왔다. 어쩨 공교롭게 한방에 자던 학생 셋이 한꺼번에 잠을 깨었다. 첫째 처녀가 소변을 보려 일어났다가 그 소리를 듣고, 둘째 처녀와 셋째 처녀를 깨우고 만 것이다.

"저 소리를 들어보아요. 아닌 밤중에 저게 무슨 소리야?"

하고, 첫째 처녀는 호동그래진 눈에 무서워하는 빛을 띤다.

"어젯밤에 나도 저 소리에 놀랬어. 도깨비가 났단 말인가?"

하고 둘째 처녀도 잠 오는 눈을 비비며 수상해 한다. 그 중에 제일 나이 많을 뿐더러(많았자 열 여덟밖에 아니 되지만) 장난 잘 치고 짓궂은 짓 잘하기로 유명한 셋째 처녀는 동무 말을 못 믿겠다는 듯이 이윽히 귀를 기울이다가,

"딴은 수상한걸. 나도 언젠가 한번 들어본 법도 하구면. 뭘 잠 아니 오는 애들이 이야기를 하는 게지."

이때에 그 괴상한 소리는 땍때굴 웃었다. 세 처녀는 으쓱하며 귀를 소스라쳤다. 적적한 밤 가운데 다른 파동 없는 공기

는 그 수상한 말낱을 곁에서나 나는 듯이 또렷또렷이 전해주었다.

"오, 태훈 씨! 그러면 작히 좋을까요?"

간드러진 여자의 목소리다.

"경숙 씨가 좋으시다면 내야 얼마나 기쁘겠습니까? 아아, 오직 경숙 씨에게 바친 나의 타는 듯한 가슴을 인제야 아셨습니까?"

정열에 띤 사내의 목청이 분명하다.

한동안 침묵…….

"인제 고만 놓아요. '키스'가 너무 길지 않아요? 행여 남이 보면 어떡해요?"

아양 떠는 여자 말씨.

"길수록 더욱 좋지 않아요? 나는 내 목숨이 끊어질 때까지 키스를 하여도 길다고는 못하겠습니다. 그래도 짧은 것을 한하겠습니다."

사내의 피를 뿜은 듯한 이 말 끝은 계집의 자지러진 웃음으로 묻혀버렸다.

그것은 묻지 않아도 사랑에 겨운 남녀의 흐무러진 수작이

다. 간검이 지독한 이 기숙사에 이런 일이 생길 줄이야! 세 처녀는 얼굴을 마주 보았다. 그들의 얼굴은 놀랍고 무서운 빛이 없지 않았으되 점점 호기심에 번쩍이기 시작하였다. 그들의 머리 속에는 한결같이 '로맨틱'한 생각이 떠올랐다. 이 안에 있는 여자 애인을 보려고 학교 근처를 뒤돌고 곰돌던 사내 애인이 타는 듯한 가슴을 걷잡다 못하여 밤이 이슥하기를 기다려 담을 뛰어넘은지 모르리라.

모든 불이 다 꺼지고 오직 밝은 달빛이 은가루처럼 서린 창문이 소리 없이 열리며 여자 애인이 흰 수건을 흔들어 사내 애인을 부른지도 모르리라. 활동사진에 보는 것처럼 기나긴 피륙을 나리어서 하나는 위에서 당기고 하나는 밑에 매달려 디룽디룽하면서 올라가는 정경이 있었는지 모르리라. 그래서 두 애인은 만나가지고 저와 같이 사랑의 속살거림에 잦아졌는지 모르리라…….

꿈결 같은 감정이 안개 모양으로 흐릿하게 무지개 모양으로 부시게 세 처녀의 몸과 마음을 휩싸 돌았다. 그들의 뺨은 후끈후끈 달았다. 괴상한 소리는 또 일어났다.

"난 싫어요, 난 싫어요. 당신 같은 사내는 난 싫어요."

이번에는 매몰스럽게 내어대는 모양.

"나의 천사, 나의 하늘, 나의 여왕, 나의 목숨, 나의 사랑, 나를 살려주어요, 나를 구해주어요."

사내의 애를 졸이는 간청…….

"우리 구경 가볼까?"

짓궂은 셋째 처녀는 몸을 일으키며 이런 제의를 하였다. 다른 처녀들도 그 말에 찬성한다는 듯이 따라 일어섰으되 의아와 공구와 호기심이 뒤섞인 얼굴을 서로 교환하면서 얼마쯤 망설이다가 마침내 가만히 문을 열고 나왔다. 쌀벌레 같은 그들의 발가락은 가장 조심성 많게 소리 나는 곳을 향해서 곰실곰실 기어간다. 컴컴한 복도에 자다가 일어난 세 처녀의 흰 모양은 그림자처럼 소리 없이 움직였다.

소리 나는 방을 어렵지 않게 찾을 수 있었다. 찾고는 나무로 깎아 세운 듯이 주춤 걸음을 멈출 만큼 그들은 놀래었다. 그런 소리의 출처야말로 자기네 방에서 몇 걸음 안 되는 사감실일 줄이야! 그렇듯이 사내라면 못 먹어 하고, 침이라도 배앝을 듯하던 B여사의 방일 줄이야! 그 방에선 여전히 사내의 비두발괄하는 푸념이 되풀이하고 있다—

“나의 천사, 나의 하늘, 나의 여왕, 나의 목숨, 나의 사랑, 나의 애를 말려죽이실 테요? 나의 가슴을 뜯어 죽이실 테요? 내 생명을 맡으신 당신의 입술로……”

셋째 처녀는 대담스럽게 그 방문을 빠끔히 열었다. 그 틈으로 여섯 눈이 방 안을 향해 쏘았다. 이 어쩐 기괴한 광경이냐! 전등불은 아직 끄지 않았는데 침대 위에는 기숙생에게 온 소위 ‘러브 레터’의 봉투가 너저분하게 흩어졌고 그 알맹이도 여기저기 두서 없이 펼쳐진 가운데 B여사 혼자—아무도 없이 제 혼자 일어나 앉았다. 누구를 끌어당길 듯이 두 팔을 벌이고 안경 벗은 근시안으로 잔뜩 한 곳을 노리며 그 굴비쪽 같은 얼굴에 말할 수 없이 애원하는 표정을 짓고는 ‘키스’를 기다리는 것같이 입을 쭝긋이 내어민 채 사내의 목청을 내어가면서 아깟말을 중얼거린다. 그러다가 그 넋두리가 끝날 겨를도 없이 급작스레 앵돌아지는 시늉을 내며 누구를 뿌리치는 듯이 연해 손짓을 하며 이번에는 톡톡 쏘는 계집의 음성을 지어,

“난 싫어요. 당신 같은 사내는 난 싫어요.”

하다가 제물에 자지러지게 웃는다. 그러더니 문득 편지 한 장을(물론 기숙생에게 온 ‘러브 레터’의 하나) 집어들어 얼굴

에 문지르며,

"정 말씀이야요? 나를 그렇게 사랑하셔요? 당신의 목숨같이 나를 사랑하셔요? 나를, 이 나를."

하고 몸을 추스르는데 그 음성은 분명히 울음의 가락을 띠었다.

"에그머니, 저게 웬일이야?"

첫째 처녀가 소곤거렸다.

"아마 미쳤나 보아. 밤중에 혼자 일어나서 왜 저러고 있을꾸?"

둘째처녀가 맞방망이를 친다.

"에그 불쌍해!"

하고 셋째 처녀는 손으로 고인 때 모르는 눈물을 씻었다…….

시대의 모순을 직시한
비극적 리얼리스트

현진건은 대구 출신의 소설가이자 언론인, 독립운동가다. 구한말 명문 개화파 가문에서 태어나 일본과 중국에서 수학했으며, 1921년 「빈처」로 문단에 등단해 「술 권하는 사회」, 「운수 좋은 날」 등 사실주의 소설을 발표하며 문학적 역량을 인정받았다. 조선일보와 동아일보 기자로 활동하며 1936년 손기정 선수 사진에서 일장기를 말소한 사건으로 투옥되었고, 이 공로로 2005년 대통령 표창을 추서받았다. 출옥 후 『무영탑』, 『흑치상지』 등을 집필하며 문학적 저항을 이어갔으나, 일제와의 타협을 거부하고 1943년 42세의 나이로 세상을 떠났다. 평생 친일 논란 없이 민족정신을 지킨 작가로 평가받는다.

1. 출생과 가계

현진건은 1900년 8월 9일 경상북도 대구군(現 대구광역시 중구 계산동2가)에서 아버지 현경운(玄擎運)과 어머니 전주 이씨 이정효 사이의 5형제 중 넷째 아들로 태어났다. 그의 집안은 구한말 개화파 명문가 출신으로, 여러 친인척이 고위 관료를 지낸 당대의 엘리트 가문이었다.

아버지 현경운 구한말 6품 관리와 대구전보사장 등을 역임.

할아버지 현학표 종4품 부호군, 정3품 오위장 등 무관직을 지냈으며 대한제국 때 중추원 의관, 내장원경 등을 역임.

둘째 작은아버지 현영운 게이오의숙 졸업 후 군부 협판, 농상공부 협판 등 차관급 관직을 지낸 당대의 지식인.

형제 맏형 현홍건은 러시아 제국 사관학교 출신으로 대한제국 육군 부위 및 통역관, 둘째 형 현석건은 메이지대학 출신으로 판사 및 변호사로 활동.

이처럼 가문 대대로 교육 수준이 높고 사회적 지위가 있었으나, 셋째 형 현정건(읍민)이 대한민국 임시정부 임시의정원 의원으로 활동하다가 체포되어 고생 끝에 출옥 반 년 만에 사망하고, 그의 아내(현진건의 형수)마저 41일 만에 음독 자살하는 비극을 겪으면서, 현진건은 일제에 대한 깊은 증오와 저항 의식을 갖게 된다. 이는 그가 평생 친일 논란 없이 독립운동가의 길을 걷는 문학적, 사상적 배경이 된다.

2. 학력 및 문단 등단

현진건은 보성고등보통학교 2학년을 중퇴하고 일본 도쿄로 건너가 세이소쿠 영어학교, 세이조 중학교 등을 다녔다. 이후 중화민국 상하이의 호강대학(滬江大學) 독일어 전문부에 입학하여 1920년에 자퇴 또는 졸업 후 귀국했다.

결혼 1915년 경주 이씨 이순득과 결혼했다.

문단 등단 귀국 후 7촌 재종숙(再從叔) 현희운(극작가 현철)의 추천으로

1920년 종합잡지 『개벽』 5호에 단편 「희생화」를 게재하며 문단에 발을 들였으나, 본인과 평단의 평가로 인해 일반적으로 1921년 『개벽』 7호에 실린 「빈처」를 첫 작품으로 간주한다.

초기 활동 「빈처」가 염상섭의 극찬을 받으면서 김동인, 염상섭, 나혜석 등과 함께 문학 동인 '백조'에 참여하게 되었고, 「술 권하는 사회」, 「운수 좋은 날」 등의 사실주의적 소설을 잇달아 발표하며 문학적 역량을 인정받는다.

3. 언론인 및 독립운동가 활동

현진건은 생계를 유지하고 독립운동에 간접적으로 참여하는 방편으로 언론인의 길을 걸었다.

조선일보 및 동아일보 기자 1921년 조선일보에 입사하여 사회부 기자로 활동하다가 1927년 동아일보로 옮겨 사회부 부장으로 1936년까지 활동했다.

일장기 말소 사건 1936년 베를린 올림픽 마라톤에서 손기정 선수가 금메달을 획득하자, 동아일보의 사회부 부장으로서 지면의 손기정 선수 사진에서 일장기를 삭제하도록 지시했다. 이 사건으로 인해 일제 경찰에 체포되어 약 1년간 옥고를 치렀고, 출옥 후 동아일보를 퇴사했다.

독립운동 공적 이 사건은 현진건의 대표적인 항일 운동의 사례로, 광복 이후인 2005년 8월 15일에 대통령표창이 추서되어 그의 독립운동 공적이 공식적으로 인정받았다.

4. 고난의 말년과 최후

일장기 말소 사건 이후 동아일보를 퇴사하고 양계업 등을 경영하며 역사 소설
『무영탑』을 저술하는 등 문학 활동을 이어갔으나, 일제강점기 말기 일제와의
타협을 거부하고 항일 정신을 지키면서 그의 삶은 극도로 비참해졌다.

문학적 저항 1939년 동아일보에 복직하여 학예부 부장을 지내면서 장편 소설
『흑치상지』를 연재했으나, 백제 부흥 운동을 다룬 내용이 '사상적으로 불온
하다'는 일제의 강압으로 연재가 중단되는 시련을 겪었다. 이 미완의 작품은
그의 문학적 저항의 상징으로 남았다.

병과 사망 셋째 형의 비극적인 죽음과 연재 중단으로 인한 상실감 때문에 과
음이 잦았고, 결국 1943년 4월 25일, 경성부 제기정(現 서울특별시 동대문
구 제기동) 자택에서 폐결핵과 장결핵으로 향년 42세의 나이에 세상을 떠
났다.

유해 유언에 따라 화장된 후 경기도 시흥군 신동면 서초리에 매장되었으나,
이후 개발로 인해 묘소가 사라지고 유해는 한강에 뿌려졌다.

금슬 좋은 부부 현진건은 사생활이 깨끗하여 아내 이순득에게만 충실했다. 현
진건이 사망한 후 슬픔에 빠진 아내는 남편을 따라 1년 만에 고향 대구에서
사망하여 이들의 애틋한 금슬이 알려져 있다.

식민지 사회에서의 비극적 리얼리즘과 문학사적 성취

현진건(玄鎭健, 1900-1943)은 한국 근대 문학사에서 리얼리즘(사실주의)의 기틀을 마련하고 그 정수를 꽃피운 거장으로 평가받는다. 1920년대, 계몽주의의 잔재와 낭만주의적 경향이 혼재하던 문단에 혜성처럼 등장한 그는, 당대 식민지 조선 사회의 비참한 현실과 그 속에서 고통받는 인간의 내면을 냉철하고 객관적인 문장으로 포착함으로써 한국 소설의 근대적 전환을 성공적으로 이끌었다. 그의 작품 세계는 지식인의 고뇌에서부터 도시 하층민의 절망, 그리고 민족의식을 담은 역사적 상상력에 이르기까지 폭넓게 확장되면서도, 일관되게 비극적 아이러니와 철저한 사실주의라는 두 축을 중심으로 엮여 있다. 「빈처」, 「술 권하는 사회」, 「운수 좋은 날」 등의 대표작들은 식민지 현실의 비극을 예리하게 형상화하며 한국 단편 소설의 고전으로 자리매김했다. 특히 그가 평생 일제와의 타협을 거부하고 문학적 지조를 지켜냈다는 사실은, 그의 예술적 성취에 윤리적 깊이와 역사적 무게를 더해 준다.

1. 초기 문학의 지향점

현진건의 초기 단편들은 주로 식민지 지식인의 좌절과 무력감을 자전적인 경향 속에서 탐구하며 리얼리즘의 문을 열었다. 1921년 발표된 「빈처(貧妻)」와 「술 권하는 사회」는 그 출발점이자, 이후 현진건 문학의 주요 모티프가 될 '가난'과 '지식인의 무능'을 정교하게 다룬 수작들이다.

1) 「빈처」와 생활인으로서의 지식인 갈등

「빈처」는 가난한 소설가인 '나'와 그의 아내 사이에 놓인 생활고와 예술적 지향의 충돌을 섬세하게 묘사한다. 남편은 낭만적인 문학 세계에 몰두하려 하지만, 현실은 가난이라는 냉혹한 벽으로 가로막혀 있다. 아내는 문학을 이해하지 못하고 남편의 무능을 은연중에 원망하지만, 그럼에도 불구하고 남편을 향한 헌신적인 애정을 품고 있다. 이러한 갈등 구조는 일제강점기라는 억압적 현실 속에서 지식인 계층이 겪어야 했던 자기실현의 불가능성을 상징적으로 보여준다. 남편의 문학적 이상과 아내의 현실적인 요구 사이의 간극은, 개인의 자유로운 삶과 창작 활동이 보장되지 못했던 식민지 사회의 구조적 모순을 반영한다. 여기서 현진건은 낭만주의적 자기 연민에 빠지지 않고, 갈등 상황을 냉정한 관찰자의 시선으로 제시하며 사실주의적 태도를 견지한다. 특히 아내의 모습에서 드러나는 생활인의 강인함과 비애는, 작가 자신이 겪는 현실의 무게를 통해 독자에게 강렬하게 전달된다.

2) 「술 권하는 사회」와 자의식의 병리적 해소

「술 권하는 사회」는 무능력한 지식인의 자의식이 어떻게 병리적으로 해소되는가를 다룬다. 주인공 '나'는 고등 교육을 받고 사회에 기여할 능력이 있음에도 불구하고, 일제의 억압으로 인해 마땅한 일자리를 찾지 못하고 방황한다. 그는 결국 자신의 무력감을 술이라는 도피처를 통해 해소하려 한다.

제목이 암시하듯, 술을 권하는 것은 단순히 개인적인 행위가 아니라, 지식인이 자신의 이상을 펼칠 수 없도록 좌절을 강요하는 식민지 사회 전체의 모순이다. 아내는 남편의 무능력과 알코올 중독을 이해하지 못하고 남편에게 현실적인 비난을 쏟아낸다. 이 부부 갈등은 사실상 개인의 윤리적 책임과 사회 구조적 부조리 사이의 갈등이다. 현진건은 이 작품을 통해 지식인이 현실에 순응하거나 도피하는 모습, 즉 식민지 상황이 개인의 주체성을 어떻게 파괴하는지를 예리하게 파헤친다. 이 두 초기작은 이후 현진건이 하층민의 비극으로 시선을 돌리는 리얼리즘적 전환의 기반을 구축했다는 점에서 중요한 의미를 갖는다.

2. 리얼리즘의 완성과 비극적 아이러니

현진건 문학의 정점은 단연 1924년에 발표된 「운수 좋은 날」이다. 이 작품은 그의 리얼리즘적 기법이 가장 성공적으로 발휘되었을 뿐만 아니라, 한국 문학이 도달할 수 있는 비극적 통찰의 깊이를 보여준 기념비적인 성과로 평가받는다.

1) 김첨지의 비극적 운명과 반어법

「운수 좋은 날」은 인력거꾼 김첨지의 하루를 다루지만, 그 내용은 단순한 하층민의 고단함을 넘어선 운명적 비극의 구조를 갖는다. 제목 '운수 좋은 날'과 달리, 김첨지가 평소보다 많은 돈을 벌게 된 그날은 곧 그의 아내가 죽음을 맞이하는 날이다. 이 제목의 반어법은 소설 전체의 비극을 응축하는 핵심 장치이며, 독자에게 서늘한 아이러니를 선사한다.

김첨지는 병든 아내가 "오늘은 나가지 마세요"라고 애원했음에도 불구하고, 생계 유지를 위해 억지로 인력거를 끌고 나선다. 그는 아내에게 욕설을 퍼붓고 짐승처럼 거칠게 대하지만, 독자는 그의 내면에 아내를 향한 지극한 애정과 아내가 죽을지도 모른다는 공포가 뒤섞여 있음을 간파할 수 있다. 돈을 많이 벌수록, 그는 아내의 죽음에 대한 불길한 예감에 휩싸인다. 이 불길한 예감을 떨쳐내기 위해 술을 마시고 친구를 찾으며 행운을 외치는 그의 모습은, 절망적인 현실 속에서 운명에 저항하려는 인간의 처절한 몸부림으로 해석된다.

2) 설렁탕의 상징성과 리얼리티의 극대화

작품의 마지막, 김첨지가 설렁탕을 사 들고 집에 돌아왔을 때, 아내는 이미 싸늘한 주검이 되어 있다. 설렁탕은 아내가 간절히 원했던 음식이자, 김첨지가 남편으로서 해줄 수 있는 가장 최소한의 사랑과 부양의 상징이다. 하지만 아내는 끝내 그 설렁탕을 먹지 못하고 죽음을 맞이한다.

현진건은 이 설렁탕을 통해 비극의 극적 효과를 극대화한다. 김첨지가 죽은 아내 앞에서 "설렁탕을 사다 놓았는데 왜 먹지를 못하니, 왜 먹지를 못하니"라고 절규하는 장면은, 단순한 개인의 슬픔이 아니라 인간의 노력과 행운이 운명 앞에서 얼마나 무력할 수 있는가를 보여주는 장치다. 설렁탕 냄새가 비참한 방안에 가득 퍼지는 후각적 묘사는, 김첨지의 절망감을 독자의 감각으로까지 확장시키는 리얼리즘 기법의 승리라 할 수 있다.

3) 문체와 사실감: 흙냄새 나는 언어

「운수 좋은 날」의 문체는 현진건 리얼리즘의 특징을 가장 잘 드러낸다. 그는 김첨지의 대화에 토속적인 구어와 사투리를 적극적으로 사용하여 인물의 생생한 현실감과 생활력을 부여한다. 간결하면서도 힘 있는 문장은 상황의 긴장감을 높이고, 작가의 주관적인 개입을 최소화하여 독자가 현실의 비극을 객관적으로 직면하게 만든다. 이러한 문체는 이광수의 계몽적 수사와 구별되는 최초의 근대적 소설 문체를 확립하는 데 결정적인 역할을 했다.

3. 다양한 인간 군상과 사회 풍자

현진건은 「운수 좋은 날」을 통해 하층민의 삶을 포착한 이후에도, 「B사감과 러브레터」와 「불」 등의 작품을 통해 식민지 사회 속 다양한 인간 군상과 그들의 왜곡된 심리를 탐색하며 리얼리즘의 지평을 넓혔다.

1) 「B사감과 러브레터」의 풍자와 억압된 욕망

1925년 발표된 「B사감과 러브레터」는 현진건 소설 중 비교적 드문 풍자적 요소가 강한 작품이다. 기숙사 사감인 B사감은 표면적으로는 엄격하고 금욕적인 인물이지만, 밤마다 몰래 허구의 남성에게 연애편지를 쓰고 그것을 다시 스스로 받는 이중적인 삶을 산다.

이 작품은 B사감이라는 한 인물의 기행을 통해 당대 봉건적이고 억압적인 사회 분위기가 여성의 자연스러운 욕망과 감정을 어떻게 왜곡시키고 병들게 만드는지를 풍자적으로 보여준다. 금욕주의를 강요하는 사회적 위선 속에서, B사감의 억눌린 욕망은 비정상적이고 기이한 형태로 분출될 수밖에 없었다. 현진건은 이 작품을 통해 인간 심리의 복잡다단함과 사회가 개인에게 미치는 부정적 영향을 입체적으로 형상화했다.

2) 「불」과 「고향」의 확장된 리얼리티

「불」은 한 여인이 겪는 심리적 압박과 광기를 다루며, 인간 내면의 충동과 불안이라는 심리적 리얼리즘에 접근했다. 반면, 「고향」(1926)은 식민지 시대 유랑민의 문제를 다루며 리얼리즘의 시야를 민족적 차원으로 확장한다.

만주와 러시아를 떠돌다 온 '나'와 고향을 잃은 일본 유학생 '그'가 기차에서 만나 서로의 비극적인 삶을 이야기하는 구조를 가진 이 작품은, 단순히 개인의 비극을 넘어 식민지화로 인해 고향을 잃고 떠돌아야 했던 조선 민족 전체의 공통된 비애를 다룬다. 현진건은 이들을 통해 민족적 동질감과 연대 의식을 확인하는 과정을 묘사하며, 리얼리즘을 민족 문학적 영역으로 끌어올리는 중요한 교두보를 마련했다.

4. 문학적 지조와 역사 소설의 저항 정신

일제강점기 말기, 일제의 강압적인 통제와 검열이 강화되자 현진건은 현실 소설 대신 역사 소설로 눈을 돌려 자신의 문학적 지조와 저항 의식을 지켜냈다.

1) 『무영탑』과 민족 예술 정신의 옹호

장편 소설 『무영탑(無影塔)』(1938)은 불국사 석가탑(무영탑)과 다보탑의 전설을 배경으로, 백제 석공 아사달과 그의 아내 아사녀의 비극적인 사랑과 예술혼을 다룬다. 이 작품은 억압적인 시대 상황 속에서 잃어버린 민족의 아름다움과 예술 정신을 복원하고자 하는 현진건의 염원을 담고 있다.

현진건은 고대 설화를 현대적인 시각으로 재해석하여, 예술을 향한 순수한 열정과 그것을 짓밟는 시대적 운명의 대립을 형상화했다. 일제의 식민 정책이 민족의 정체성을 말살하려던 시기에, 이처럼 가장 한국적인 소재와 정신을 다룬 역사 소설을 집필한 행위 자체가 강력한 문화적 저항이었다.

2) 『흑치상지』의 좌절된 민족 부흥의 꿈

미완성 장편 소설 『흑치상지(黑齒常之)』(1939)는 현진건의 마지막을 장식한 작품이자, 가장 노골적인 항일 의지를 담은 문학적 유언과 같다. 백제 멸망 후 당나라와 신라에 대항하여 백제 부흥 운동을 이끈 장수 흑치상지의 영웅적인 삶을 다룬 이 소설은, 패망한 조국의 재건을 꿈꾸는 영웅의 이야기를 통해 일제에 짓밟힌 조국의 해방을 갈망하는 작가의 염원을 투사했다.

그러나 이 작품은 "사상적으로 불온하다"는 일제의 강압으로 연재가 중단되는 비운을 맞았다. 『흑치상지』의 연재 중단은 현진건이 겪은 가장 큰 정신적 좌절이었으며, 이 상실감과 폭음은 그의 지병인 결핵을 악화시켜 결국 42세의 짧은 생을 마감하게 하는 직접적인 원인이 되었다. 이로써 『흑치상지』는 그의 문학적 저항이 일제에 의해 최종적으로 탄압받은 상징으로 남게 되었다.

5. 결론: 비극적 운명을 넘어선 문학적 영원성

현진건의 문학 세계는 1920년대 한국 리얼리즘 소설의 전형을 제시하고 그 문학적 완성도를 극대화했다는 점에서 독보적인 가치를 지닌다. 그는 낭만주의적 자아도취나 계몽주의적 강요 없이, 냉철한 시선으로 현실의 모순과 인간의 비극적 운명을 응시했다.

특히 「운수 좋은 날」의 비극적 아이러니는 개인의 불행과 사회적 모순, 그리고 운명의 잔인함을 동시에 드러내는 탁월한 성취를 보여주었다. 현진건은 그의 삶에서나 문학에서나 지조 있는 문인의 표상이었다. 일제 말기, 수많은 문인이 생계나 영달을 위해 친일의 길을 걸었을 때도, 현진건은 가난과 병고 속에서도 끝까지 일제에 타협하지 않고 민족의식을 담은 글쓰기를 고수했다.

그의 짧은 생애는 비록 비극으로 끝났으나, 그의 문학은 한국 근대 문학의 근간을 이루는 사실주의의 초석이 되었고, 후대의 작가들에게 영향을 미치며 시대를 초월하는 보편적 감동을 선사하고 있다. 그의 작품들은 오늘날까지도 식민지 시대의 어둠을 증언하는 문학적 기념비로 남아, 한국인의 정신적 유산으로 영원히 빛나고 있다.

한국 문학 필사 04

현진건을 쓰다

초판 1쇄 2026년 2월 27일

지은이 현진건

발행인 유철상
편집 성도연
디자인 노세희, 주인지
마케팅 조종삼

펴낸곳 블랙에디션
출판등록 2009년 9월 22일(제305-2010-02호)
주소 서울특별시 동대문구 왕산로28길 37, 2층
전화 02-963-9891(편집), 070-8854-9915(마케팅)
팩스 02-963-9892
전자우편 sangsang9892@gmail.com
홈페이지 www.esangsang.co.kr
블로그 blog.naver.com/sangsang_pub
인쇄 다라니
종이 ㈜월드페이퍼

ISBN 979-11-6782-234-5 (04810)
ISBN 979-11-6782-228-4 (세트)